Indro Pezzolla

Il club dei venditori di sogni

Koi Press

Indro Pezzolla
Il club dei venditori di sogni

© Koi Press
Koi Press è un marchio editoriale di Openmind Srls
Via Volta 72, 20013 - Magenta (MI)
www.koipress.it

ISBN 978-88-85769-09-0
Progetto grafico: Koi Press
Foto di copertina: Casey Horner on Unsplash
Tutti i diritti sono riservati

Il club dei venditori di sogni

Ai tramonti,
al profumo dei fiori,
al vento che soffia tra i capelli…

Al tempo,
che ci appartiene
fino all'ultimo respiro…

…e a noi tre…

1

IL CLUB 143

Era un giovedì pomeriggio quando Emilio Lamoforte fece il suo ingresso nel *Club 143*. Rimase circa un quarto d'ora davanti al locale a fissare l'insegna, poi prese coraggio, oltrepassò quella porta semiaperta e iniziò a scendere delle scale buie e silenziose. Ebbe la sensazione di dirigersi verso un posto cupo e triste, sebbene coloro che aveva visto uscire poco prima avevano tutti il sorriso sulle labbra. Man mano che i gradini diminuivano, il buio lasciava posto a luci psichedeliche e il silenzio a musica sensuale.

Era la prima volta che Emilio metteva piede in un nightclub, nonostante i sessantanove anni di vita che si lasciava alle spalle. Era magro, consumato, con pochi capelli e giallo in volto. Non serviva certo un medico per intuire che fosse malato. Tuttavia preservava una certa bellezza, sebbene così fragile e vulnerabile. Era titubante, quasi deciso a tornare indietro. Furono le luci soffuse e alternate a fargli pensare che il suo stato di salute si sarebbe camuffato con l'ambiente, e trovò la forza per procedere in direzione di un divanetto appartato e poco illuminato.

Si guardò intorno. C'erano molti divani, un grande palco con tre pali, più due pedane all'interno di altrettante gabbie. Sul palco ballavano tre giovani ragazze in topless, mentre le due gabbie erano vuote. Una dozzina di altre ragazze erano sparse per il locale, sedute sui divani; alcune da sole, altre in gruppo e altre ancora in compagnia dei clienti.

Emilio le osservava mentre, individuate le prede, si alzavano, si avvicinavano lentamente e, con movimenti sensuali e innaturali, si sedevano al loro fianco offrendo la propria compagnia in cambio di un drink. Ogni tanto qualche ragazza si alzava col cliente, insieme si dirigevano verso una cassa e poi, dopo aver regolato la pratica economica, sparivano in un corridoio per riemergere più tardi.

Era nel locale da almeno tre quarti d'ora e nessuna ragazza si era avvicinata a lui. Pensò che fosse il suo aspetto a tenerle lontane, ma fece appena in tempo a pensarlo che sentì una gioviale voce pronunciare il suo saluto.

«Ciao, posso farti compagnia?»

Emilio la osservò. Non era una ragazza, ma una donna. Molto bella, con i capelli castani, gli occhi grandi e luminosi, il sorriso rassicurante.

Alcuni segni del tempo, intorno agli occhi, lasciavano presupporre che nella vita avesse riso molto. Aveva ancora un bel fisico, sebbene si potesse intuire che il massimo splendore fosse passato. Non sapeva definire un'età precisa, ipotizzava potesse avere tra i trentacinque e i quarant'anni.

«Certo, volentieri» rispose con un sorriso un po' imbarazzato.

«Come ti chiami?»

«Emilio e tu?»

«Lilly.»

«Particolare, è il tuo vero nome?»

«Oh, certo che no. Tutte abbiamo un nome d'arte.»

«E quello vero te lo posso chiedere?»

«Qui dentro mi chiamo Lilly.»

Il suo sorriso luminoso non l'abbandonava mai.

«Mi faceva piacere saperlo, ma fa lo stesso. Emilio è il mio vero nome.»

«Questo è un mondo dove i nomi non contano, sono solo un suono. I clienti stessi, spesso, ne usano di finti e le ragazze che lavorano in più locali, raramente usano sempre lo stesso. Avere tanti nomi è un po' come non averne nessuno.»

«Lo trovo un po' triste.»

«Ma no dai, ci sono cose più importanti dei nomi: qui si memorizzano i volti. Nessuna presta attenzione al tuo nome ma stai tranquillo che, dopo due o tre volte che vieni, ti riconoscono tutte.»

«Capisco.»

«Non mi sembri un habitué...»

«È la prima volta che entro in un posto del genere.»

«Quanti anni hai?»

«Sessantanove.»

«E cosa ti ha portato qui dentro, per la prima volta, a sessantanove anni?»

«L'insegna.»

«L'insegna?»

«Sì, il numero 143.»

«È il tuo numero fortunato?»

«È una lunga storia. Ha un significato particolare? Insomma voglio dire, non siamo al civico 143, che senso ha questo nome per un locale?»

Lilly sorrise.

«Una volta si chiamava *Paradise*. Poi quando il figlio del vecchio proprietario ha preso in mano la gestione del locale, ha voluto cambiarne anche il nome. Il numero 143 è la trasposizione numerica di tre parole: la prima è composta da una sola lettera, la seconda da quattro e la terza da tre lettere.»

«E quali sono queste parole?»

«Se fai un privé con me te lo svelo.»

«Cos'è un privé?»

«Ma non sai proprio niente di come funzionano questi posti?»

«No.»

«Allora ti faccio un piccolo riassunto. Ci sono le ragazze che vedi che, a turno, fanno il loro spettacolo sul palco. Poi vanno tra i tavoli per fare compagnia ai clienti in cambio di un drink e infine cercano di portarli nei privé, ovvero in delle piccole stanze più intime. Lì dentro la ragazza che hai scelto ti fa uno spogliarello personale e gioca un po' con te.»

«Gioca?»

«Si struscia, ti tocca, si fa toccare. Non si fa sesso.»

«E quanto costa?»

«Dipende dalla durata. Puoi fare un quarto d'ora, mezz'ora o un'ora. Si parte da sessanta euro.»

«Va bene, andiamo.»

Lilly lo fissò, silenziosa.

«Guarda che te lo dico lo stesso il significato del numero 143.»

«No, va bene. Voglio fare il privé. Dopo sessantanove anni di vita morigerata, mi devo dare una svegliata anch'io.»

«Ok.»

La donna si alzò e gli tese la mano. Lui l'afferrò e, con un'andatura non troppo stabile, la seguì fino a raggiungere la cassa.

«Facciamo un privé. Quindici minuti» disse Lilly.

«No, mezz'ora» la corresse Emilio.

La donna lo guardò stupita.

«Sono centoventi euro» proferì l'uomo dietro la cassa.

Emilio estrasse il bancomat dal portafoglio e lo appoggiò sul bancone. A transazione eseguita gli venne comunicato il numero della stanza.

«Numero otto.»

«Andiamo» Lilly lo prese per mano e gli fece strada.

Una volta entrati in quella piccola stanza si accomodarono. L'ambiente sembrava una piccola riproduzione del locale. C'erano un divano, un tavolo in miniatura e una piccola pedana con un palo. Al posto della porta vi era semplicemente una tenda.

«Tu quanti anni hai, Lilly?»

«Non è carino chiedere l'età a una donna» rispose col suo immancabile sorriso.

«Lo so, è solo che mi sembra chiaro tu non abbia la stessa età delle altre ragazze e mi chiedevo...»

«Come mai faccio ancora questo lavoro o come mai mi fanno lavorare ancora?»

Emilio sprofondò in un silenzio che sarebbe diventato imbarazzante, se Lilly non lo avesse subito accarezzato mettendolo a suo agio.

«Lavoro come spogliarellista da trent'anni, non saprei davvero cos'altro fare e il titolare, che mi conosce dagli esordi, è molto buono con me. Mi tiene come una specie di mascotte.»

«Da trent'anni? Io te ne davo trentacinque di età, al massimo quaranta.»

«Ne ho un po' di più» ammiccò.

Emilio era sbalordito.

«Adesso rilassati e goditi lo spettacolo.»

Lilly fece il suo show con un ballo sensuale e uno spogliarello integrale. Non fece altro. Non lo toccò e non si sedette su di lui. Aveva capito da subito che il privé non era stato che una piccola curiosità e che, di fondo, era interessato solo a parlare.

Emilio applaudì. Era passato il primo quarto d'ora.

«Grazie» disse Lilly facendo un inchino, poi si sedette al suo fianco con le gambe accavallate e rivolte verso di lui.

«Lilly?»

«Sì?»

«Il numero 143. Quali sono le tre parole?»

Lei lo guardò negli occhi e sorrise.

«*I love you*» rispose.

Emilio, appoggiandosi bene allo schienale, chiuse gli occhi inclinando leggermente la testa verso l'alto. Lilly asciugò una lacrima che gli stava solcando il viso.

«Va tutto bene?» gli chiese.

«Sì.»

«Cosa rappresenta questo numero per te?»

«Io sto morendo» mormorò senza rispondere alla domanda.

Lei lo guardò con compassione, continuando ad accarezzargli il viso e senza chiedere più niente.

«Se solo potessi guarire, se avessi ancora tempo.»

Lilly continuava a fissarlo.

«Sai, io faccio tutte le notti lo stesso sogno. Sogno di guarire e di cominciare a vivere. Ci sono così tante cose che vorrei fare, io non ho mai vissuto veramente. Quando potevo fare tutto, non ho fatto niente. La mia esistenza è stata piatta.»

Alcuni colpi di tosse interruppero le sue parole, poi Emilio scosse la testa e con le mani si strofinò gli occhi.

«Ascolta…» disse Lilly afferrandogli la mano e penetrando i suoi occhi con lo sguardo «forse conosco qualcuno che potrebbe aiutarti a… guarire.»

Lo sguardo di Emilio si illuminò per un secondo, prima di spegnersi di nuovo e lasciare il posto a un amaro sorriso.

«Io non posso guarire, sono terminale.»

«Hai uno smartphone che ti segno un indirizzo in agenda?»

«Veramente no, ho un cellulare preistorico.»

«Allora aspetta un momento.»

Uscì dal privé e fece ritorno nel giro di pochi minuti consegnando a Emilio un foglietto.

«*Il club dei venditori di sogni*» lesse lui ad alta voce.

Sotto c'era scritto l'indirizzo.

«Di cosa si tratta?» chiese dopo qualche istante di riflessione.

«Il club è aperto solo la domenica pomeriggio dalle 16 alle 19. Devi citofonare al numero… 143. Questo non l'ho scritto, ma sono sicura che te lo ricorderai. Una volta entrato nell'atrio, scendi le scale che trovi sulla destra.»

«143» ripeté Emilio «ma di cosa si tratta?»

«Chiedi del Gallo e dì che ti mando io. Lui ti aiuterà.»

«Il Gallo?»

«Fai come ti ho detto, fidati. Lui ti aiuterà» ripeté.

Emilio la fissò con occhi interrogativi, sembrava sincera nonostante non potesse esserlo.

«Solo un ciarlatano mi venderebbe la guarigione.»

«Il Gallo non lo è.»

«Allora non può guarirmi.»

«Anch'io ho comprato un sogno impossibile.»

«Quale?»

«L'eterna giovinezza.»

2

IL CLUB DEI VENDITORI DI SOGNI

La domenica pomeriggio Emilio raggiunse via Borsieri, zona Isola, al numero civico indicatogli da Lilly. Aveva riflettuto molto sulle parole della donna e ancor di più sulla tenacia con cui aveva insistito. Sembrava davvero convinta che questo Gallo avesse il potere di aiutarlo. Sosteneva di aver comprato l'eterna giovinezza. Sicuramente dimostrava molti meno anni di quelli reali e il suo animo era ancora più giovane, ma non per questo poteva essere immortale. Nonostante ciò, era riuscita a insinuare un dubbio nella mente di Emilio: non tanto che il Gallo fosse in grado di guarirlo, quanto piuttosto di rallentare il decorso della malattia che lo stava uccidendo. Scorse i nomi sul citofono fino a individuare il numero 143. Dopo un attimo di esitazione, premette il pulsante.

«Sì?» rispose una voce maschile.

«Sono… sono Emilio Lamoforte, mi manda…» si interruppe.

Non conosceva il nome della spogliarellista, se non quello lavorativo. Poteva utilizzarlo? Fu tentato di fare uno scatto e correre via, ma fu la malattia a ricordargli che non era una buona idea e che anche il più naturale dei gesti, come una corsa, si era trasformato in un ostacolo.

«Chi la manda?» chiese la voce.

«Lilly!» ribatté con la stessa determinazione che usava, da bambino, quando cercava di strapparsi i denti da latte che dondolavano.

Un suono elettrico annunciò l'apertura del portone. Emilio lo aprì a fatica, ma non seppe capire se per via della molla che lo rendeva eccessivamente pesante o per le sue forze che implacabilmente lo abbandonavano ogni giorno di più.

Scese le scale sulla destra, contò cinque gradini e si trovò di fronte a una vecchia porta, color panna, sulla quale si leggeva una scritta azzurra, forse un blu scolorito: *Il club dei venditori di sogni*. La scritta era in stile antico e si poteva intuire che fosse stata fatta a mano, utilizzando un pennarello calligrafico.

Aprì quella porta cigolante e si trovò di fronte a un bancone bianco, alle cui spalle un uomo aspettava il suo ingresso. Era alto, prestante e con i capelli neri di media lunghezza. Aveva la riga da un lato e un ciuffo che gli cadeva sopra l'occhio. Dimostrava una quarantina d'anni, ne aveva quarantacinque. Sulla parete alle spalle dell'uomo c'erano delle mensole piene di libri, su una delle quali vi era anche un grosso vaso di vetro contenente diverse monete da un euro.

«Benvenuto» disse l'uomo.

«Buongiorno.»

«Lilly le ha già spiegato come funziona?»

«Veramente no.»

«Questo è un club, l'ingresso è riservato ai soli soci. Per diventare socio è sufficiente compilare questo modulo con i dati personali, indicare il suo sogno, sottoscrivere la privacy e firmare per accettazione del regolamento. La quota annuale è di dodici euro e la tessera scade il trentuno dicembre, indipendentemente dalla data di sottoscrizione. Mi serve anche un suo documento di identità da fotocopiare.»

«Ho capito. Io cercavo… il Gallo.»

Ci fu un istante di silenzio.

«Tutti cercano il Gallo, solo i soci possono parlare con lui.»

Emilio prese il modulo, gli dette una rapida occhiata e poi afferrò una penna appoggiata sul bancone. Si accorse per la prima volta che la sua mano tremava, non gli era mai successo prima. Doveva abituarsi anche a questo? Compilò il modulo, lo firmò e lo consegnò.

«Grazie, signor Lamoforte» disse l'uomo osservando il foglio «si può accomodare nella stanza alla sua sinistra, presto il Gallo sarà da lei.»

«Grazie.»

Nella stanza sedevano già un altro uomo e una donna. Lui non troppo alto, in sovrappeso, con i capelli radi, quasi completamente bianchi. Dimostrava una sessantina d'anni anche se ne aveva cinquantaquattro. Emilio pensò che si trattasse del Gallo. La donna aveva quarantun anni e il suo aspetto, molto curato, era fedele all'età. Aveva i capelli castani, mossi e il suo profumo di fiori riempiva l'intera stanza. Della donna ciò che colpì Emilio fu la grande bocca, sorridente e contornata da un lucente rossetto che si fondeva con le sue labbra a tal punto da non sembrare un accessorio, ma da far credere che fosse proprio nata così.

«Buongiorno» disse Emilio entrando e prendendo posto nella sedia più lontana.

«Buongiorno» rispose l'uomo.

«*Bonjour*» replicò lei.

Una volta seduto osservò una lavagna di plastica bianca, sostenuta da un cavalletto e sistemata vicino alla parete di fronte, su cui era scritto in nero il regolamento del club.

C'erano solo cinque regole.

Prima regola: il club vende sogni, non la loro realizzazione.

Seconda regola: la realizzazione del sogno compete al compratore.

Terza regola: ogni sogno viene venduto a un euro.

Quarta regola: ogni socio può comprare un solo sogno.

Quinta regola: solo chi ha comprato un sogno, può vendere un sogno.

Mentre Emilio stava ragionando sulle prime due regole, l'uomo del bancone li raggiunse.

«Bene» esordì «cominciamo con le presentazioni. Io sono il Gallo, l'uomo alla sua sinistra è Atmos mentre lei, che noi chiamiamo la *francese*, è Félicienne.»

Fece una piccola pausa, poi proseguì.

«Ci dica signor Lamoforte, o Emilio se preferisce che ci diamo del tu, come possiamo aiutarla?»

«Dunque, io non so nemmeno da che parte cominciare. Va bene darci del tu, se anche per voi è ok.»

«È perfetto, privilegiamo il tono confidenziale. Dunque, da quanto ho letto sul modulo il tuo sogno è guarire. Da cosa vuoi guarire esattamente?»

«Io... so che è una cosa impossibile, mi sembra un gesto così stupido essere qui per questo, ma sa...» si corresse «sai, quando non hai più niente da perdere le provi tutte.»

«Di che malattia si tratta?»

«Cancro. Sono stato operato all'intestino, ma ho metastasi al fegato e ai reni. La chemioterapia è già stata interrotta, sono arrivato alla terapia del dolore.»

«Sei sotto morfina?»

«Paracetamolo, almeno finché basterà. Spero il più a lungo possibile perché quantomeno conservo lucidità.»

«Sei sposato? Hai figli?»

«Vedovo, niente figli.»

Dallo sguardo traspariva preoccupazione.

«Vivi da solo?»

«Sì.»

Nella stanza piombò un silenzio pesante.

«Hai bisogno di aiuto?»

«Ho bisogno di guarire.»

«In attesa di guarire, hai bisogno di aiuto?»

«Vengono dei volontari e un infermiere due volte al giorno. Per il momento me la cavo ancora.»

Mentre tutti erano seduti, il Gallo si alzò in piedi, fece il giro del tavolo e si avvicinò alla grande finestra che, con visuale sul cortile interno, illuminava la stanza di quel seminterrato.

«Quanto…» il Gallo esitò.

«Quanto mi rimane?»

«Quanto tempo abbiamo per farti guarire?»

La domanda era folle, ma il tono era serio.

«Mi hanno stimato un mese, ma nessuno lo sa con precisione. Quando fu diagnosticato il male mi dettero quattro mesi di vita. Ne sono passati il doppio, ho avuto la fortuna di reagire bene a quelle stesse cure che adesso ho dovuto interrompere. Il mio fisico non è più in grado di sostenerle.»

Il Gallo continuava a fissare fuori dalla finestra.

«Posso vedere il tuo orologio?» domandò Atmos, smorzando la tensione.

Emilio slacciò il cinturino e appoggiò l'orologio sul tavolo in direzione dell'uomo. Lui estrasse gli occhiali dal taschino sinistro della camicia, li indossò, prese l'orologio in mano e lo osservò con attenzione.

«Un *Omega* degli anni quaranta. Carica manuale, molto bello. Però è fermo.»

«Lo è da molti anni. Lo indosso per ricordo, apparteneva a mio padre. L'orario lo guardo sul cellulare.»

«Capisco. Se vuoi te lo posso sistemare, ho una bottega dove riparo orologi» disse estraendo un biglietto da visita e porgendoglielo.

«*La misura del tempo*» lesse Emilio ad alta voce.

«Nel caso, sul biglietto trovi anche gli orari e i giorni di apertura: martedì, giovedì e sabato.»

«Ok, grazie.»

Il Gallo riprese la parola.

«Dunque Emilio, abbiamo bisogno di consultarci tra di noi. Lo facciamo tutte le volte. Sul modulo abbiamo raccolto i tuoi riferimenti, ti contatto nei prossimi giorni per dirti se accettiamo l'incarico. In caso negativo, ti verrà restituita la quota versata.»

«Capisco, grazie» il suo tono sembrava seccato e privo di speranza.

«Emilio…» il Gallo lo fissò dritto negli occhi «… non abbiamo mai rifiutato un sogno.»

«Forse nessuna richiesta era così folle» replicò sarcastico.

«Sì, invece» ribatté il Gallo con sguardo severo, ma senza superbia.

Emilio rimase perplesso.

«Va bene, grazie» rispose alzandosi lentamente e dirigendosi, con altrettanta cautela, verso la porta della stanza.

Si voltò.

«Allora spero di rivedervi presto» aggiunse.

Questa volta il tono era più disteso e il Gallo gli sorrise.

«*Au revoir*» sussurrò Félicienne con un'intonazione che sembrava amareggiata.

«Ti aspetto per la riparazione» concluse Atmos.

Emilio si voltò e uscì dalla stanza senza replicare. I presenti rimasero in silenzio finché udirono il cigolare della porta di ingresso, che si aprì e si richiuse, dopo una manciata di secondi. Mentre il Gallo rimuginava, fu la francese la prima a parlare.

«Non possiamo vendere un sogno del genere. *C'est impossible.*»

«Tu dici?»

«Come pensi di guarirlo?»

«Confido in te.»

«Sto parlando sul serio!» tuonò incrociando le braccia e mordendosi le labbra.

«Anch'io sono serio. Il tuo sogno era forse meno impossibile?» chiese ancora il Gallo.

«No» rispose inclinando lo schienale e rivolgendo lo sguardo al soffitto.

«Credo che tu possa giocare un ruolo determinante nella sua guarigione.»

Adesso sorrideva serena.

«Tu che ne pensi Atmos?» gli chiese il Gallo.

L'uomo si toccò il mento con la mano sinistra, poi tirò fuori dal taschino destro della sua camicia un pacchetto di sigarette, ne estrasse una, la picchiettò contro il tavolo e, dopo averla portata alla bocca, fece il gesto di accenderla.

«Non penserai mica di impuzzolirmi con quel terribile odore, vero? Lo senti il mio profumo?»

Félicienne non le mandava certo a dire.

«È proprio quello che pensavo di coprire, ma ora che mi ci fai riflettere è la tua voce a essere fastidiosa, non il profumo» sospirò Atmos rimettendo la sigaretta dentro al pacchetto.

Il tono della conversazione poteva apparire teso, ma non era così. I due amavano polemizzare tra loro ed erano legati da una amicizia solida, profonda e sincera.

«Voglio vedere se nei prossimi giorni verrà da me per riparare l'orologio» affermò.

«E cosa dovrebbe importargliene a un malato terminale di un orologio fermo?»

«Credo che la francese abbia ragione, non ha molto senso che si presenti» confermò il Gallo.

«Io credo che verrà» concluse Atmos.

3

LA MISURA DEL TEMPO

Era martedì pomeriggio. A soli due giorni dalla sua visita al club dei venditori di sogni, Emilio, stringendo in mano il biglietto da visita che gli aveva dato Atmos, si trovava sul marciapiede di fronte alla sua bottega. Osservava l'insegna, *La misura del tempo*, poi dopo aver aspettato il passaggio di alcune auto, attraversò la strada. Si fermò davanti alla vetrina guardando i pochi orologi esposti, indubbiamente datati e per lo più da tavolo o da parete; solo un paio erano da polso. Visto da fuori non aveva affatto l'aspetto di un negozio, ma piuttosto di un laboratorio.

Fece un lungo respiro come se dovesse prendere coraggio, appoggiò una mano alla porta e la spinse. Un suono metallico, come quelli che non era abituato più a sentire da decenni, annunciò il suo ingresso in quella piccola stanza. Tutto sapeva di antico: i mobili, gli odori, gli orologi a cucù appesi alle pareti.

«Arrivo subito» disse la voce di Atmos proveniente dal retro del negozio, probabilmente il laboratorio dove lavorava.

Emilio cercò di sbirciare al suo interno, ma senza successo.

«Eccomi, buongiorno. Oh, Emilio, ciao. Che piacere.»

«Ciao. Sono qui per sistemare l'orologio» disse slacciando il cinturino e appoggiandolo sul bancone.

«È un bel gioiellino. Ti piacciono gli orologi manuali oppure è l'unico che hai?» chiese.

«È il mio unico orologio, ma che intendi esattamente per *manuali*?»

«Che devi caricarli a mano per farli funzionare.»

«Ah, sì è vero. Non ha la batteria, dovevo girare il pirolino tutte le mattine.»

«Corona.»

«Cosa?»

«Il pirolino si chiama corona.»

«Ah, ok. Allora non mi piacciono gli orologi manuali. Dimenticavo spesso di caricarlo e solo dopo ore mi accorgevo di avere l'orologio fermo. Se non si trattasse di un ricordo, lo avrei sostituito con uno a batteria.»

«Sarebbe stato un crimine. Quelli al quarzo non se lo meritano nemmeno l'appellativo di orologi, non sono altro che dei piccoli computer. I segnatempo meccanici invece, manuali o automatici che siano, hanno dentro un'architettura fatta di ingegno, di intuizione, di passione.»

«Cosa sono gli orologi automatici?»

«Si caricano da soli, con il movimento del polso.»

«Com'è possibile?»

«Aspetta, te ne faccio vedere uno aperto così capisci.»

Sparì nel laboratorio e tornò nel giro di un minuto con un orologio in mano. Lo appoggiò sul bancone con il quadrante rivolto verso il basso e senza il fondello che chiude gli ingranaggi.

«Vedi questa piccola placchetta metallica? Si chiama rotore. Quando tu muovi il polso, gira in questo modo contraendo la molla che permette di accumulare la carica. Questo modello, ad esempio, può immagazzinare una riserva fino a quaranta ore.»

«Quindi funzionerà per quaranta ore?»

«Se rimane immobile, funzionerà, a piena carica, per quaranta ore. Ma finché ti muovi lui continuerà a funzionare. In altre parole entra in simbiosi con il suo proprietario, vive della sua stessa vita.»

Da come parlava era evidente la sua grande passione per quegli strumenti.

«Intrigante» si espresse Emilio.

«Credimi, se ti avvicini al mondo dei segnatempo e delle magie create dai maestri orologiai, finirai per odiare gli orologi al quarzo.»

«Come ti è venuta questa passione?»

«Vedi, anche mio padre faceva l'orologiaio ed ero ancora un bambino quando ho iniziato a maneggiare orologi. Poi più ti appassioni e più approfondisci, più approfondisci e più scopri, più scopri e più ti appassioni. È un cerchio che non si chiude mai. Inoltre, dietro l'aspetto puramente meccanico, c'è molto di più. Gli orologi sono l'invenzione più nobile che l'essere umano abbia mai concepito perché nascono per misurare il tempo: la sostanza di cui è fatta la vita. E come la vita anche il tempo non è sempre uguale, ma si dilata e si restringe in funzione delle passioni che proviamo.»

Emilio sgranò gli occhi, come se in quest'ultima frase avesse colto un'indicazione. La vita si può dilatare e restringere, il tempo non è sempre uguale. Quanto gliene restava da vivere? Poteva in qualche modo dilatarlo? Atmos stava cercando di dirgli qualcosa oppure era solo lui, con il suo bisogno di speranza, a farsi suggestionare?

«Misurare il tempo è il tentativo imperfetto di misurare le passioni umane» continuò Atmos.

«Perché imperfetto?»

«Perché è un errore pensare di misurare il tempo in ore e minuti, il tempo non è un oggetto e pertanto non si può usare una rigida unità di misura. Il tempo è...» fece una pausa prima di terminare la frase «... un'idea.»

«Un'idea...» ripeté Emilio.

«Il tempo non è tangibile, per questo andrebbe misurato in...» fece volutamente un'altra pausa prima di concludere la sua teoria, sapeva che questo avrebbe aumentato l'attenzione verso il concetto che stava per esprimere «... trasformazioni.»

Fece una seconda pausa.

«Il tempo si muove nella direzione opposta a quella in cui vanno i ricordi; l'accumulo, ma soprattutto la qualità dei ricordi e delle esperienze produce profonde trasformazioni. È sbagliato pensare che un cinquantenne con la sindrome di Peter Pan abbia la stessa età di un cinquantenne padre di famiglia e pieno di responsabilità. Non possono avere la stessa età, perché non hanno subito lo stesso numero di trasformazioni.»

«È una teoria affascinante» asserì Emilio come se fosse stato sedotto dalle parole di Atmos «sarebbe bello avere ciascuno un proprio orologio personale che misuri il tempo in modo soggettivo. Chissà quanti anni avrei?»

«Per la riparazione puoi tornare tra un paio di giorni» disse Atmos che nel frattempo aveva aperto la cassa dell'orologio e stava osservando le componenti meccaniche.

«Come? Ah, sì, l'orologio» rispose Emilio distrattamente e ancora rapito dai suoi pensieri.

«Questo segnatempo ha proprio bisogno di una revisione completa.»

«Quanto viene a costare?»

«Ti posso fare duecento euro. Se vai alla casa madre ti costa almeno tre volte tanto.»

«Ho capito, va bene» affermò tirando fuori il portafoglio ed estraendo il bancomat.

«Cosa fai?!»

«Ti pago subito, non si sa mai.»

«Mi paghi quando lo ritiri.»

«Non possiamo essere certi che fra due giorni io ci sia ancora.»

«Di nessun cliente posso esserne certo.»

«È vero» rispose dopo aver riflettuto un momento.

«Avevo capito che volevi guarire...» aggiunse Atmos inclinando il viso in avanti e osservandolo da sopra gli occhiali.

Emilio fissò i suoi occhi.

«Sì, è così. Allora ci vediamo tra due giorni.»

«Bene, buon pomeriggio.»

«Anche a te.»

Emilio iniziò ad allontanarsi in direzione della porta quando poi, d'un tratto, si fermò e si voltò.

«Ah, Atmos?»

«Sì?»

«Hai origini greche?»

«No, sono uno dei pochi milanesi puro sangue rimasti. Perché?»

«Per via del tuo nome, mi sembrava greco.»

«Oh, no. Non è il mio vero nome. All'anagrafe mi chiamo Ambrogio perché mia madre si è rifiutata di chiamarmi Atmos. Mio padre, che però se n'è fregato, mi ha sempre chiamato così, tanto che alla fine si è adeguata pure lei. Atmos è il nome del più affascinante segnatempo mai concepito e prodotto. Anche se a essere precisi, è una lei: la pendola Atmos della Jaeger-LeCoultre. La puoi vedere dentro la teca alla tua sinistra.»

Emilio si avvicinò alla teca osservando quel particolare orologio da tavolo, la cui struttura era a sua volta contenuta all'interno di una piccola teca. Rimase immobile a osservarla come se ne fosse rapito.

«Qual è la particolarità che la rende così speciale?»

«Funziona sfruttando il moto perpetuo.»

«Cioè?»

«Non ha bisogno di alcun intervento esterno per funzionare. Ti sembrerà impossibile, ma questa meraviglia trae energia dalle variazioni di temperatura e pressione atmosferica dell'ambiente in cui è conservata. Quando la temperatura sale, il gas contenuto in un polmone a soffietto si dilata comprimendo la molla di ricarica; quando la temperatura scende, il gas si contrae e la molla si distende. Questo impercettibile movimento è sufficiente per consentire alla pendola di ricaricarsi dell'energia necessaria al suo funzionamento. Basta la variazione di un solo grado centigrado per fornirle un'autonomia di due giorni. Si stima che una pendola Atmos possa funzionare ininterrottamente per circa seicento anni.»

«Non ho capito molto, ma il poco che ho capito mi sembra incredibile.»

Sporgendosi in avanti, Atmos si avvicinò e abbassò il tono della voce come chi, nel confidare un segreto, vuole evitare che qualcun altro nelle vicinanze possa sentire.

«Mentre un orologio automatico si nutre della vita del suo possessore, lei è viva a tutti gli effetti, genera energia propria e… respira.»

Emilio, completamente conquistato, commentò:

«A volte rimango davvero senza parole di fronte a ciò che la mente umana è stata in grado di realizzare.»

«È la ricerca dell'impossibile che conduce a ciò che è realizzabile.»

4

IL PARERE DI ATMOS

Il cellulare del Gallo squillò a lungo, prima che rispondesse.

«Pronto?»

«Gallo.»

«Ciao Atmos. Aspetta, mi sposto che da qui non sento niente.»

Si sentiva una forte musica di sottofondo.

«Eccomi, dimmi.»

«Emilio è venuto in bottega.»

«Davvero? Bene, allora avevi ragione tu. Quindi che mi dici?»

«Sono d'accordo con te, possiamo guarirlo.»

5

LE COSE INUTILI

Erano le dieci di mercoledì mattina quando Emilio ricevette la telefonata del Gallo.

«Emilio? Ciao, sono il Gallo.»

All'improvviso, al suono di quella voce, fu come se per lui il tempo si fosse fermato e qualunque rumore interrotto; solo il suo battito cardiaco accelerò.

«Ciao» rispose quasi sussurrando.

«Volevo avvisarti che abbiamo discusso il tuo caso e...» Emilio rimase muto trattenendo perfino il respiro «... il club ha deciso che può venderti il sogno.»

«Da... davvero pensate di potermi guarire?»

«Non so se hai letto il regolamento del club, ma la guarigione dipende da te. Il nostro ruolo sarà solo quello di creare le condizioni. Immagina che il tuo sogno sia quello di lanciarti col paracadute, noi ci mettiamo l'aereo per portarti in alta quota, ma se tu non trovi il coraggio per saltare si riduce tutto a un giro turistico. Non so se mi sono spiegato.»

«Sì, ok» rispose cercando di essere convincente sebbene non fosse convinto.

«Bene. Ah, dimenticavo... il sogno costa un euro. È simbolico, ma fa parte delle regole. Alla prima occasione ci sistemiamo.»

«Sì, non c'è problema.»

«Adesso abbiamo bisogno di conoscerti meglio, ogni singola informazione che riusciamo a raccogliere su di te potrebbe esserci utile nell'aiutarti. Sei a casa in questo momento?»

«Sì, sto aspettando i volontari e l'infermiere.»

«Te la senti di fare un giro più tardi?»

«Direi di sì.»

«Bene, mando la francese a prenderti. Diciamo per le due di pomeriggio, può andare?»

«Sì, è perfetto.»

«Ottimo. A presto Emilio.»

«A presto e... grazie.»

Una volta chiusa la telefonata, Emilio si mise a riflettere in attesa che arrivasse l'assistenza domiciliare. Era stranito, ma felice. Non capiva come pensavano di poterlo aiutare e se fossero sinceri o ciarlatani, ma al momento non sembrava cercassero di speculare su di lui. Diviso tra speranza e obiettività, rimase in agitazione fino alle due e mezza di pomeriggio quando Félicienne, in ritardo di mezz'ora, gli mandò un messaggio avvisandolo che lo stava aspettando sotto casa.

Emilio scese e vide una Peugeot parcheggiata in doppia fila e con le quattro frecce lampeggianti. Si avvicinò e bussò al finestrino. Aspettò che la donna togliesse la sicura e salì in macchina. Non amava i ritardatari, ma si astenne dal fare qualsiasi commento.

«È da cafoni essere puntuali» esordì lei come se gli avesse letto il pensiero, oppure era semplicemente abituata alle lamentele per i propri ritardi.

«E perché?»

«Perché mette a disagio chi arriva dopo facendolo sentire in difetto.»

Lo disse con un sorriso così bello che non si poteva essere in disaccordo con lei.

«Ma io ero a casa che aspettavo, non potevo proprio arrivare tardi.»

«Ok, ti perdono.»

Gli fece l'occhiolino e mise in moto. Emilio ricambiò con il suo sorriso.

«Per prima cosa ci andiamo a prendere un bel caffè!» esclamò partendo a razzo.

Dopo circa dieci minuti arrivarono davanti al *Cafè de Paris*. Parcheggiò in doppia fila con le quattro frecce accese e scesero. Si sedettero in un tavolino all'aperto sebbene facesse molto caldo. Dentro al bar c'era l'aria condizionata, ma Félicienne non la tollerava. Sosteneva perfino di esserne allergica.

«Bonjour madame, ti porto il solito?»

«Sì, grazie Faustino. Tu cosa bevi, Emilio?»

«Un succo di frutta alla pera, grazie.»

«Bene. Sono subito da voi.»

Dopo pochi minuti il cameriere li servì.

«Una cosa volevo chiederti, Félicienne.»

«Dimmi.»

«Voi siete gli unici componenti del club?»

«No, ce ne sono altri. Non so se ci hai fatto caso, ma c'è un vaso al club con dentro delle monete da un euro. Sono di tutti quelli che hanno comprato un sogno. Non conosco il numero esatto, quello solo *le Coq* lo sa, ma ne ho conosciuti diversi.»

«E io li incontrerò?»

«Non credo, a meno che *le Coq* decida il contrario. Quando ti sei presentato al club eravamo presenti noi e, siccome non crede nel caso, ritiene che siamo quelli più adatti ad aiutarti. Considera che lui è sempre presente, Atmos lo è spesso, ma io raramente ci sono. Di solito i fine settimana li passo a Nizza, ma quel giorno era previsto brutto tempo e così non sono partita.»

«Capisco.»

Emilio coglieva i segnali da cui dedurre la forte identità nazionale della donna. Macchina francese, bar con insegna francese, espressioni francesi quando parlava. Solo l'accento non era francese, questo lo trovò curioso.

«Se devo essere sincera, Emilio, ero anche scettica sul tuo sogno. Ma *le Coq* sostiene invece che sarò determinante.»

«Davvero?»

«Non ho ancora capito bene come, ma mi fido di lui. Ho imparato che, gira e rigira, ci azzecca sempre. Comunque anche tu, quando sarai guarito, potrai partecipare alle riunioni e vendere sogni. In quel momento sicuramente conoscerai anche altri membri del club.»

«Sarebbe davvero bello» commentò lasciando trasparire una certa inquietudine.

Lei gli fece una carezza sulla mano e questo gesto, così semplice e delicato, lo calmò.

«Ma la decisione di vendere un sogno la prende il Gallo oppure la mettete ai voti?»

«Ci consultiamo tutti e lui ci lascia esprimere con la massima libertà. Poi se le nostre opinioni divergono, ci sa portare dalla sua parte. È un leader, lui ha le soluzioni. Comunque anche Atmos si è espresso favorevolmente.»

«Davvero? Due su tre è incoraggiante.»

«Certamente» rispose sorseggiando il caffè e strizzando l'occhio.

«Senti, e cosa vai a fare a Nizza nei fine settimana?»

«Adoro quel posto, come tutta la Francia del resto. E poi gli uomini francesi sono meravigliosi.»

«Ah, ecco. Sempre lì si va a finire» commentò Emilio esternando un sorriso complice.

«Che lavoro fai, Félicienne?»

«Un lavoro meraviglioso. Sono una rappresentante di profumi, praticamente mi giro tutte le profumerie più chic di Milano, ho prodotti gratuiti e mi pagano pure.»

«Meglio di così si muore» convenne lui.

«Tu sei in pensione vero?»

«Sì.»

«E che lavoro facevi prima?»

«L'insegnante di inglese. Poi saltuariamente arrotondavo facendo il traduttore di libri stranieri.»

«Di che nazionalità?»

«Inglesi e francesi.»

«Quindi parli francese. *Fantastique*! Mi vai sempre più a genio.»

«*Merci*.»

Finito il caffè, Félicienne impedì a Emilio di pagare il conto e poi salirono in macchina.

«Dove andiamo?»

«Adesso passiamo da una profumeria in zona Loreto a lasciare dei campioni; poi andiamo a parcheggiare la macchina a Precotto, dove non si paga, e prendiamo la metrò.»

«E dove andiamo poi?»

«In centro a farci un giro per negozi.»

«Ah.»

Emilio non aggiunse altro.

Arrivati in Loreto, lui rimase in macchina con le quattro frecce accese ad aspettarla, poi proseguirono come stabilito. Durante lo shopping Félicienne parlò solo in francese, forse per testare le capacità di Emilio o forse solo per il bisogno di parlare quella lingua. Comprò un paio di magliette economiche, senza nemmeno provarle.

«Ma non le provi?»

«No, sono della mia taglia.»

«E se non andassero bene? Non tutto l'abbigliamento veste allo stesso modo.»

«Vorrà dire che farò il reso, che problema c'è?»

Era davvero leggera e spensierata.

Usciti dal negozio attraversarono, a piedi e sotto il sole, corso Venezia da San Babila fino a Palestro. A quel punto Félicienne si rese conto che Emilio era provato e faticava a camminare.

«*Pardon* Emilio, ma se eri stanco potevi dirmelo. Io quando giro per il centro, mi dimentico di tutto il resto.»

«Non preoccuparti, ma se troviamo una panchina riposiamoci un attimo.»

«Vieni, infiliamoci nei giardini.»

Una volta entrati nei giardini Indro Montanelli, si sedettero su una panchina all'ombra. La giornata era calda seppur ventilata, ma all'ombra Emilio si sentì subito meglio. Poi Félicienne tirò fuori dalla borsa una bottiglietta d'acqua e gliela diede.

«Bevi, non l'ho ancora toccata. Nel frattempo vado a riempirne un'altra alla fontana.»

Emilio la osservava. Arrivata alla fontana, prima riempì la bottiglietta, poi bevette chiudendo il buco inferiore dell'erogatore facendo uscire l'acqua da quello superiore e infine, come fosse una bambina, sorridendo, guardava l'acqua schizzare il più lontano possibile. Poi tornò indietro e, prima di arrivare alla panchina, si fermò ad accarezzare un cane che sembrava non aspettasse altro.

Il pomeriggio era quasi finito e il sole si era fatto meno invadente. All'improvviso una farfalla si avvicinò a loro.

«Vieni qui piccola!» la chiamò Félicienne con un sorriso radioso e la farfalla, come se l'avesse ascoltata, si posò sulla sua gamba.

«Hai visto?!» esclamò voltandosi verso Emilio con occhi traboccanti di luce.

Lui sorrise e provò ad allungare una mano nella direzione della farfalla, ma questa volò via.

«No, Emilio, le farfalle non si possono prendere. Sono un po' come la felicità, finché la insegui non riesci mai a prenderla, ma se ti siedi tranquillo ad aspettare può anche posarsi su di te.»

Emilio rimase incantato.

«È quasi ora di andare» gli disse stirandosi e volgendo lo sguardo al cielo.

«Quando vuoi» rispose lui guardandola, ma Félicienne non dava poi l'impressione di volersene andare.

Emilio si domandò quali pensieri potessero esserci nella sua testa.

«*Magnifique*» sussurrò all'improvviso.

«Che cosa?» le chiese lui.

«Le cose inutili. Sono loro che rendono la vita adorabile.»

«Per esempio?» domandò stranito.

«I tramonti, il profumo dei fiori, il vento che soffia tra i capelli.»

Dopo che Félicienne lo ebbe riaccompagnato a casa, Emilio si fece una doccia e si sdraiò sul divano. La giornata era stata stancante, ma lui sentiva addosso una vitalità che gli mancava da mesi. Se il giorno prima gli avessero detto che avrebbe passato quasi un pomeriggio intero a camminare, non ci avrebbe mai creduto. Perfino una passeggiata di mezz'ora gli sarebbe sembrata un ostacolo insormontabile. Significava che stava guarendo? Impossibile. Tuttavia sorrise e continuò a riflettere su quella situazione surreale.

Félicienne, a parte del suo lavoro, non gli aveva chiesto nient'altro di personale, sebbene il Gallo avesse sostenuto la necessità di raccogliere informazioni sul suo conto, per aiutarlo. Non capiva. Aveva la sensazione che lei, non sapendo dove andare a parare, si fosse fatta una sana giornata di comodi suoi in compagnia. Il Gallo sembrava essere il capofila in cui tutti credevano e infine c'era Atmos. Ancora non era riuscito a inquadrarlo, ma

gli ispirava fiducia e gli dava la sensazione di poter in qualche modo governare il tempo, ciò che di
più prezioso gli rimaneva.

6

L'INIZIO DI UN'AMICIZIA

Dieci anni fa…

Era una bellissima giornata di sole quando Félicienne fece per la prima volta il suo ingresso nella bottega di Atmos.

«Buongiorno.»

«Bonjour.»

Iniziò a guardarsi intorno come se si fosse persa e cercasse la strada per tornare a casa.

«Come posso aiutarla?»

«Vorrei sostituire la batteria a un orologio» rispose continuando a guardarsi intorno.

Osservandola meglio non sembrava smarrita, ma piuttosto immersa curiosamente in una realtà che non si aspettava di trovare. In effetti quella bottega sembrava un luogo fuori dal tempo, ricercato, ma più appartenente al secolo passato che a quello attuale.

«Certo, mi faccia vedere.»

Lei estrasse un orologio da tavolo della dimensione del palmo di una mano e lo appoggiò sul bancone.

«È troppo grazioso vero? L'ho comprato in una bancarella, ma è fermo. Chissà da quanto non viene cambiata la pila.»

Atmos osservò con attenzione l'oggetto.

«Ma signora…»

«Signora?!» lo interruppe bruscamente, ma più che seccata sembrava scioccata.

Lui la guardò perplesso.

«Quanti anni dimostro, scusi?»

«Ehm, non saprei. Vediamo…»

«No, non me lo dica. Lasci stare, ma almeno per favore usi *madame*.»

Atmos era sempre più stranito.

«Ok madame, stavo dicendo che questo orologio non va a batteria. È a carica manuale.»

«Davvero?»

«Sì, vede questo buco sul retro? Bisogna infilarci la sua chiavetta e girare per caricarlo.»

«*Merde*! Me lo hanno venduto così, senza nessuna chiavetta. Disonesti!»

«Magari nemmeno loro lo sapevano.»

«Pazienza, lo terrò come soprammobile» disse recuperando subito il buon umore.

«Aspetti mi faccia dare un'occhiata nel retro bottega» replicò Atmos portando con sé l'orologio.

Quando tornò, la donna era davanti a una teca completamente rapita dal movimento di un altro orologio da tavolo.

«Eccomi madame, siamo fortunati, questa funziona» disse mostrando una piccola chiavetta che teneva sul palmo della mano.

«Oh, davvero?»

«Sì, guardi.»

La infilò nel buco dell'orologio mostrandole come caricarlo.

«Gli dia la carica una volta al giorno e verifichi la puntualità. Se non dovesse essere preciso me lo riporti che gli facciamo una revisione.»

«Quanto le devo?»

«Nulla, quella chiavetta è un avanzo di magazzino. Avrei dovuto buttarla via da un pezzo, ma ho l'abitudine di conservare sempre tutto.»

«*Merci!*» rispose con un sorriso raggiante che metteva in risalto la sua grande bocca.

Atmos ne rimase rapito.

«Le posso offrire almeno un caffè per ringraziarla?»

«C… certo!» rispose imbarazzato.

Si abbassò ed estrasse da sotto il bancone un cartello con scritto *torno subito*.

«Che bello quest'orologio» esclamò la donna avvicinandosi alla teca dove era in bella vista quel particolarissimo orologio che stava osservando prima.

«Si tratta di una lei. È la pendola Atmos della Jaeger-LeCoultre. Ecco, lei non ha bisogno né di una batteria né di essere caricata per funzionare: è autonoma.»

«Com'è possibile?»

«Praticamente funziona sfruttando le variazioni di temperatura dell'ambiente circostante.»

«Che chic!»

«Il suo inventore Jean-Leon Reutter era un genio.»

«Jean-Leon» ripeté lei «era francese?»

«No, svizzero.»

«Sicuramente avrà avuto origini francesi. Ma quanto costa?»

«Quella che vede non è in vendita, ma se le interessa posso fare in modo di procurargliene una, usata e ben tenuta, diciamo tra i millecinquecento e i duemila euro. Se invece le interessa nuova può rivolgersi alla casa madre, la producono ancora; ma le costa molto di più.»

«No, grazie. Con tutti quei soldi mi ci faccio una vacanza. Comunque io mi chiamo Félicienne.»

«Piacere. Io sono Ambrogio, ma può chiamarmi Atmos come l'orologio. Mi hanno sempre chiamato così.»

«Ambrogio è da denuncia, ma chi l'ha scelto? Ti chiamerò anch'io Atmos. Oh, mi scusi, le ho dato del tu.»

«Non c'è problema, diamoci pure del tu. L'ha scelto mia madre.»

«Senza offesa, ma non aveva buon gusto. Dai, andiamo a berci un caffè che oggi sono bollita.»

Quello fu l'inizio di una meravigliosa amicizia.

7

PARADISE

Giovedì pomeriggio, come concordato, Emilio tornò alla bottega di Atmos per ritirare l'orologio. Il solito rumore metallico annunciò il suo ingresso.

«Arrivo» esclamò dal retro bottega.

«Eccomi qui» esordì Emilio appena lo ebbe di fronte.

«Oh, ciao. Come stai?»

«Stabile.»

«Sei venuto per l'orologio, giusto?» domandò appoggiando i gomiti sul bancone.

«Sì, anche.»

Atmos lo fissò da sopra gli occhiali che teneva appoggiati sul naso.

«Un attimo che lo vado a prendere.»

Sparì nel retro e ritornò dopo una manciata di secondi. Appoggiò l'orologio al bancone e glielo mostrò.

«Ecco qua. Adesso funziona alla perfezione.»

Emilio lo prese, lo mise al polso e lo osservò.

«Fantastico!» esclamò.

Non apparve tuttavia così interessato all'orologio. Estrasse poi il portafoglio, tirò fuori duecento euro in contanti e li appoggiò sul bancone. Atmos li prese e dopo un secondo erano già spariti nella tasca dei suoi pantaloni.

«Per cos'altro sei venuto quindi?»

«Ho passato un pomeriggio con Félicienne.»

«Bene. E che opinione ti sei fatto della nostra francese?»

«È vitale, allegra e strana. Mi piace.»

«Sono contento che lo pensi.»

«Quello che non capisco è come progettiate di curarmi. Ho passato un bel pomeriggio in sua compagnia, ma non mi ha dato l'impressione di potermi aiutare.»

«Guarire non è un evento passivo, è necessario agire. Non pensare di restare con le mani in mano mentre la francese di turno combatte la tua malattia.»

«E quindi come dovrei agire?»

«Non lo si fa solo con il comportamento, anche il modo di pensare è azione.»

«E quindi?»

«Comincia con il buonumore, è una grandissima medicina.»

«Non è così semplice.»

«Non ho detto che lo sia.»

«Ho capito, vado. Ti ringrazio.»

Dal tono della voce sembrava seccato. Si voltò e si diresse verso l'uscita.

«Emilio?»

«Sì?» rispose girandosi verso di lui.

«Devi avere fiducia. Nella storia del club, che io sappia, non ci sono sogni infranti.»

Quest'ultima frase lo rincuorò.

Uscito dalla bottega, Emilio si era diretto al *Club 143*. A distanza di una settimana esatta si trovava di nuovo in compagnia di Lilly, dentro a un privé. Le stava raccontando le sue prime impressioni sul club dei venditori di sogni, senza nascondere le proprie perplessità. Sperava di strapparle qualche informazione in più su ciò che si sarebbe potuto aspettare, ovvero su quanto il sogno che gli stavano vendendo fosse reale o virtuale. Per questa ragione aveva deciso di tornare a trovarla, sebbene fosse già stata fin troppo sintetica e misteriosa la volta precedente.

«Giovedì scorso mi hai detto di aver comprato l'eterna giovinezza, giusto?»

«Sì, è così.»

«Quindi non invecchi più?»

«Esatto.»

«Dai, sii seria» replicò sorseggiando un'acqua tonica.

«Sono seria. Scusa per te cosa significa invecchiare?»

«Significa che gli anni passano, i segni del tempo si vedono e il corpo diventa sempre più debole. Ci si ammala con più facilità e poi si arriva alla naturale conclusione della vita: la morte.»

«Io ho comprato l'eterna giovinezza a trentasei anni. La scorsa volta mi hai detto che ne dimostravo tra i trentacinque e i quaranta. Se consideri che anagraficamente ne avrei cinquantuno vuol dire che per me il tempo si è realmente fermato, non trovi?»

«Cinquantuno» ripeté Emilio «li porti davvero bene, complimenti. Ma ciò non toglie che nemmeno tu possa evitare di invecchiare e morire come tutti gli altri.»

Non era chiaro dal suo tono se stesse solo esprimendo un pensiero oppure se la stesse provocando per studiarne la reazione.

«Si può nascere vecchi come si può morire giovani, invecchiare non significa necessariamente diventare vecchi. Diventi vecchio quando il numero dei tuoi rimpianti supera quello dei tuoi sogni.»

«Io ho solo rimpianti» rispose Emilio con un vuoto nel cuore e la tristezza negli occhi.

«Beh, di certo non sembri un giovincello, ma non per questo devi per forza diventare decrepito. Sicuramente il tuo è un sogno bello grosso. Poi c'è anche qualcosa di misterioso di cui non hai voluto parlare l'altra volta, il numero 143, ma non so se dietro si nasconda un sogno o un rimpianto.»

Emilio non rispose.

«Comunque la prima medicina è ridere. Ridere per sentirsi leggeri, per non invecchiare, per contrastare la sofferenza. Ridere è la cosa migliore che tu possa fare nella vita, credimi Emilio.»

«Quindi vuol dire che, se ridendo, morirò di malattia sentendomi guarito, come tu prima o poi invecchierai sebbene ti senta giovane, significherà che il sogno che ho comprato si sarà realizzato? È così che dovrei ragionare?»

«Non so risponderti sul tuo sogno. Posso solo dirti che il mio si è realizzato e che ho fiducia nel Gallo. Però se hai bisogno di confrontarti sui tuoi dubbi, ti suggerisco di parlarne con lui.»

«Hai ragione, scusa.»

Lei gli accarezzò il volto.

«Non preoccuparti. Senti, io ho bisogno di andare un momento in bagno. Posso?»

«Sì, certo.»

«Tranquillo che faccio fermare il tempo del privé» gli fece l'occhiolino e lui rispose con un sorriso.

Dopo circa cinque minuti dalla tendina del privé non entrò Lilly, ma il Gallo.

«Ciao Emilio.»

«Gallo?!»

«Sei sorpreso?»

«Sì, non mi aspettavo di vederti qui. Anche tu sei un cliente di questo posto?»

«Io sono il titolare.»

«Davvero? Quindi conosci Lilly dagli esordi?»

«Già…»

Il Gallo era lì, ma a quella domanda i suoi pensieri presero il volo fino ad atterrare su dei ricordi così lontani da sembrare un'altra vita.

"Dai, Filippo, fammi entrare!"

"Torna a casa, Gianluca."

"Dai!"

"Non se ne parla."

"Ma perché?"

"Se tuo padre mi scopre, mi licenzia."

"Mio padre è via per una settimana, non può scoprirci."

"Potrebbe fare la spia qualche ragazza."

"Ma chi vuoi che faccia la spia, dai!"

"E se venisse la polizia a fare un controllo? Sei minorenne. Farebbero chiudere il locale e mi ritroverei lo stesso senza lavoro."

"Ma sono il figlio del proprietario, mica un cliente che avete fatto entrare."

"Sempre minorenne rimani."

"Dai!"

"Aspetta un paio d'anni e potrai entrare tutte le volte che vorrai, gratis soprattutto."

"Per favore."

"Ho detto di no."

"Ti prego!"

"No."

"Fanculo! Quando mio padre mi lascerà in mano il locale, ti licenzierò io."

«Io e Lilly ci siamo conosciuti ventinove anni fa. Avevo sedici anni e, testardo come la mia età, ero determinato a entrare nel nightclub di mio padre, il *Paradise*, durante un suo viaggio di lavoro, sebbene il buttafuori mi ostacolasse in ogni modo. La scuola era finita e i miei amici erano già in ferie mentre io, per le mie vacanze, dovevo aspettare ancora. Mio padre sarebbe tornato dal suo viaggio dopo una settimana e la chiusura estiva del locale era prevista tre giorni dopo il suo rientro. Sai come sono l'adolescenza e le sue pulsioni, no? Tornato a casa dopo un fallito ingresso, guardai un giornale pornografico, internet era ancora lontano, e mi masturbai. Ero incontenibile e continuando a pensare alle ragazze che avrei potuto vedere dentro il locale, pianificai il mio ingresso. Presi dallo studio di mio padre il mazzo di chiavi di riserva e verso le ore 15 del giorno successivo, in orario di chiusura, entrai e mi nascosi in uno dei bagni. L'orario di apertura pomeridiano andava dalle 16 alle 19, poi il *Paradise* riapriva dalle 22 fino alle 5 di mattina. Rimasi a fatica chiuso in bagno per circa due ore. Volevo aspettare che nel locale ci fosse più gente possibile in modo da confondermi meglio coi clienti. Poi, in preda a un grande fermento, uscii dal bagno e feci il mio ingresso nella sala. Luci, musica e ragazze bellissime. Tutta la mia grinta divenne timidezza e mi fiondai in un angolo sul divano più appartato che avevo visto. Pensai di tornare a nascondermi e aspettare la chiusura, non potevo certo uscire dalla porta principale passando di fronte al buttafuori. Mentre facevo questi pensieri, notai che una splendida ragazza si stava avvicinando. In preda all'agitazione cercai di scurirmi la voce e mostrarmi sicuro di me. Si sedette al mio fianco sorridendo e inarcando la schiena. La salutai con un "ciao", mi rispose con un "miao". Non capivo più niente. Provai a deglutire, ma non avevo più saliva.

"Come ti chiami?"
"Gianluca."
"E che ci fai qui tutto solo, il gallo del pollaio?"
"S… sì."
"Allora ti posso chiamare Gallo, va bene?"
"Certo. Tu come ti chiami?"
"Lilly."

Quello fu il nostro primo incontro e non avrei mai immaginato che quel soprannome mi avrebbe accompagnato per il resto della vita. Lei aveva ventidue anni ed era italiana. Ai tempi per la verità ce n'erano molte di italiane che facevano questo lavoro, oggi sono una rarità. Tornai anche il giorno dopo e quello successivo, sempre utilizzando la stessa tecnica, poi mi beccarono. Il barista non mi conosceva, ma intuì che potessi essere troppo giovane per trovarmi lì e andò a verificare col buttafuori se mi avesse chiesto un documento all'ingresso. A quel punto ero fregato. La cosa che mi dette più fastidio fu l'aver fatto quella figuraccia di fronte a Lilly e soprattutto che venne smascherata la mia vera età: a lei avevo detto di avere diciotto anni. In preda alla vergogna sparii per due giorni, poi il terzo giorno trovai il coraggio di aspettarla all'uscita, dopo la chiusura pomeridiana, per scusarmi. Andammo insieme da Burghy di piazza San Babila, il primo fast food di Milano che era stato aperto solo pochi anni prima. Si chiamava Liliana, ma continuammo a chiamarci Lilly e Gallo. Sapeva già che ero il figlio del titolare e che ero minorenne, aveva visto una mia foto nell'ufficio di mio padre. Era divertita. Mi trattava come un bambino, ma per me fu il primo amore.»

«Cavolo! E quindi l'hai sempre tenuta a lavorare.»

«Già.»

«Ma senti e come ti è venuta l'idea del nome *Club 143*?»

«Beh, siccome era il luogo dove avevo incontrato il primo amore e dove lei continuava a lavorare, ho ideato l'escamotage di nascondere una frase dietro a dei numeri. È stata un'intuizione che ha precorso i tempi. So che i giovani di oggi usano questo modo per dirsi *ti amo* con i numeri.»

«Davvero? Quindi mi confermi che è una forma utilizzata? Se mi sento dire *143* è come se mi dicessero *I love you*?»

«Esatto, perché? C'è qualcuna che ti ha detto *143*?»

Emilio tacque e il suo sguardo si fece triste. Intuendo che fosse presto per parlarne, il Gallo cambiò discorso andando dritto al dunque.

«Mi diceva Lilly che hai dei dubbi di cui vorresti parlarmi.»

Emilio si sentì in imbarazzo, gli sembrava di essere un ingrato a manifestare perplessità proprio verso coloro che si erano mostrati così disponibili ad aiutarlo in un'impresa impossibile.

«È che io, vedi, da quando vi ho conosciuto mi sento già meglio, però quello che vorrei capire è se il percorso che faremo insieme sarà una sorta di illusione oppure se posso davvero aspettarmi di guarire.»

«Capisco i tuoi dubbi, sono più che legittimi. Te la senti di passare un fine settimana nella mia casa in montagna, tutti insieme?»

«Con Atmos e Félicienne?»

«Sì.»

«E dove?»

«Antey-Saint-André, è in Val d'Aosta. Alcuni dei più bei sogni del club si sono realizzati lì.»

Emilio si illuminò.

«Mi piacerebbe, ma ho bisogno dell'assistenza domiciliare per delle medicazioni. Non mi posso spostare da Milano.»

«Questo non è un problema. Conosco un infermiere del posto, se mi dici che ti va di venire lo allerto e ci organizziamo.»

«Va bene, vengo volentieri» rispose, a quel punto, senza esitazioni.

Il Gallo non aveva dissipato i suoi dubbi, ma Emilio confidava che volesse farlo in un contesto più adatto. Inoltre trovò di buon auspicio il fatto che lo volesse portare nel luogo dove altri sogni si erano realizzati. Questo pensiero riaccese in lui la speranza.

Si salutarono e dopo un paio di minuti Lilly, come promesso, fece ritorno nel privé.

8

IL SOGNO DI ATMOS

Sabato mattina Atmos e la francese erano passati a prendere Emilio. Prima tappa al *Cafè de Paris*. Era impensabile, infatti, che Félicienne si mettesse in marcia senza aver prima bevuto un ottimo caffè. Poi la partenza con destinazione Antey-Saint-André.

Félicienne guidava con Emilio seduto al suo fianco mentre Atmos, collocato centralmente, osservava la strada dal sedile posteriore.

«Chi di voi due è entrato prima nel club?» chiese Emilio.

«Io» rispose Atmos.

«E come ne sei venuto a conoscenza?»

«Quanto tempo è passato...» sospirò grattandosi la testa.

«Vedi, tanti anni fa ero un uomo sposato ed equilibrato. Avevo la mia bottega e mia moglie che faceva la casalinga. Svolgevo il lavoro che amavo e gli affari andavano bene; la sera a casa c'era sempre lei ad aspettarmi, a farmi trovare un pasto caldo e un nido accogliente. Cercavamo da anni dei figli che non arrivavano mai. Mi feci venire dei dubbi: potevo averne? Feci un esame per verificarlo e il verdetto fu crudele. Ero disperato, non sapevo come dirglielo, ma desiderava così tanto dei figli che non potevo nasconderle una cosa del genere. Una sera, prima ancora che riuscissi a parlargliene, al termine di una cenetta romantica e al settimo cielo, mi confessò di essere incinta. Ovviamente non poteva essere mio. Quando glielo dissi, rimase di sasso e mi lasciò. Per me il tradimento fu uno shock. Non la credevo capace di tradire, ma poi capii che era un habitué. L'abbandono fu peggio del tradimento. Mi ritrovai solo, dopo tanti anni di matrimonio. Non sapevo fare niente: cucinare, il bucato, le pulizie, non avevo mai fatto nulla. Dovevo ricominciare da zero e non ne avevo la forza. Iniziai pian piano a lasciarmi andare e, come se non bastasse, anche gli affari cominciarono a non andare troppo bene. La tecnologia, che si evolveva, aveva spostato l'interesse delle persone verso altri tipi di orologi. Quelli meccanici si rivolgevano sempre di più a pochi appassionati interessati alle maison di lusso e a queste si rivolgevano per l'assistenza. Il mio mestiere era destinato a sparire. Sprofondai in depressione. Iniziai a bere, a fumare, a giocare alle slot machine e scoprii il sesso a pagamento. Pian piano sperperai tutto quello che avevo risparmiato e mi riempii di debiti. La situazione peggiorava sempre più e quando divenne insostenibile, mi riferisco soprattutto ai debiti, presi perfino in considerazione l'ipotesi del suicidio. Poi un giorno mia moglie Caterina, con cui non mi ero formalmente separato, bussò alla porta. Era nata una bambina, Penelope, e il padre non l'aveva riconosciuta. Si trovavano in mezzo a una strada. Le accolsi, ero felice di averle lì, ma disperato perché sapevo di non poterle aiutare. Quella notte, mentre dormivano, uscii di casa e vagai per strada cercando tra le prostitute di cui ero cliente qualcuna che mi facesse credito, ovviamente senza successo. Poi passai davanti a un night, il *Club 143*, ed entrai. Bevetti molto e quando fu il momento di uscire non avevo i soldi per pagare. Provai a spingere il buttafuori e scappare, ma non fu una grande idea. Mi afferrò e mi buttò per terra torcendomi un braccio. I ricordi sono molto opachi perché il tasso alcolico che avevo in corpo era veramente alto. Ricordo però che arrivò il titolare, il Gallo, che mi tese la mano e mi fece alzare. Sollevandomi scoppiai a piangere come un bambino. Mi chiese se avevo un posto dove andare; risposi di sì, ma che era meglio non tornassi a casa in quello stato. Mi ospitò da lui. L'indomani mattina, a mente fresca e fegato dolorante, gli raccontai tutta la mia storia. Mi chiese qual era il mio sogno, risposi che volevo garantire a mia moglie e sua figlia un futuro. Mi parlò del club dei venditori di sogni e mi invitò a comprare il mio. "Ma stai attento" mi disse "il club vende sogni, non la loro realizzazione. Quella dipende solo da te." Mi recai al club e comprai il mio sogno per un euro. Mi fece domande molto dettagliate, come l'ammontare dei miei debiti e il valore delle mie proprietà. Vivevo in affitto, l'unica proprietà era la bottega su cui gravava un mutuo residuale; poca cosa rispetto al valore di quei locali, che si trovavano nel centro di Milano e avevo comprato prima ancora che il mercato immobiliare schizzasse alle stelle. Il Gallo non mi dette mai le soluzioni, ma mi poneva le domande in modo che io stesso le trovassi. Per esempio, per evitare di chiudere la bottega, capii che avrei potuto vendere i muri conservando il locale in affitto. Questo mi avrebbe permesso di estinguere sia il mutuo residuo che gli altri debiti che avevo contratto. Sempre grazie alle domande del Gallo capii che era il lavoro del piccolo artigiano che stava morendo e non quello dell'orologiaio esperto. Il mercato degli orologi meccanici di lusso era in espansione e dentro i laboratori delle grandi maison c'era gente come me. Una volta che arrivai da solo a capire queste cose, il Gallo mi diede gli strumenti per realizzarle. Trovò il compratore del negozio, ovvero lui stesso. Mi precisò che non si trattava di un atto di carità, che non avrei mai accettato, ma di un investimento: un contratto di affitto a lungo termine che gli garantiva una rendita. Poi, essendo lui stesso un grande appassionato di orologi e avendo conoscenze nel settore, mi segnalò a chi rivolgermi per avviare delle collaborazioni con le più note case di orologi di lusso. Oggi lavoro alla progettazione di nuovi segnatempo per una di queste aziende e solo tre giorni a settimana tengo aperta la bottega, dove, per la verità, continuo a lavorare per loro, poiché la clientela di passaggio è davvero occasionale. Per fare tutto questo, il primo passo, non semplice, fu uscire dalla depressione, dall'alcol e dal gioco d'azzardo. Ma ero motivato a farlo.»

«Quindi sei tornato insieme a tua moglie?» chiese Emilio.

«Siamo tornati insieme e ho riconosciuto io la bambina. Poi, dopo qualche anno, mi ha lasciato di nuovo per un altro uomo. Si è tenuta la casa, di cui continuo a pagare l'affitto, e verso gli alimenti per lei e la bambina.»

«Zoccola» commentò la francese.

Lo disse così bene che fu quasi piacevole sentirlo dire.

«Ma perché le paghi l'affitto e gli alimenti se ha un altro? Che ci pensi lui, no?» intervenne Emilio.

«Dopo pochi mesi l'ha lasciata pure quello e lei non ha un lavoro.»

«Mica sono tutti fessi» aggiunse ancora Félicienne che conosceva bene la storia ed evidentemente non approvava come il suo amico gestisse la cosa.

«Abbiamo anche provato a tornare insieme di nuovo, ma ogni tanto lei si innamora e la storia si ripete. È stato quindi meglio andarmene.»

«Ma tu riesci a pagare due affitti, oltre quello della bottega, più gli alimenti?»

«Io vivo in bottega, anche se la residenza l'ho lasciata da Caterina. C'è anche un piano inferiore che prima usavo come una specie di magazzino, ci ho sistemato una branda. Il bagno c'è, non mi serve molto altro.»

«E la cucina?»

«Tanto non so cucinare. Poi ogni tanto mia moglie mi invita a cena.»

«La tua ex moglie vorrai dire?»

«No, è ancora mia moglie. Se divorziassimo perderebbe il diritto alla pensione di reversibilità.»

«Pure quella le vuoi lasciare?!» Emilio era perplesso, Félicienne disgustata.

«Hai dimenticato il mio sogno? Garantire a lei e sua figlia, ora anche mia, un futuro.»

«Non capisco. Mi sembra esagerato che te ne sia andato lasciandole tutte le comodità a tue spese e che continui a preoccuparti per il suo futuro. Capisco che ormai la figlia è come se fosse tua, però il tuo atteggiamento mi sembra autolesionista e tua moglie se ne approfitta.»

«Non si chiama autolesionismo, si chiama amore.»

«Mi viene da vomitare» commentò Félicienne.

«Vedi, Emilio, per me amare significa...» fece una pausa come sempre faceva quando voleva richiamare l'attenzione «... farsi divorare, per nutrire l'altro.»

«È patetico» ribatté Félicienne.

«A volte l'amore lo è.»

«Lo trovo penoso ma la vita è la tua, *mon ami*.»

«Però è profondo» osservò Emilio «farsi divorare per nutrire l'altro. Di sicuro è un sentimento più puro di altre forme di amore egoistiche, come la gelosia e la possessività, che siamo abituati a riconoscere e accettare.»

«Non ti ci mettere anche tu, per favore! Chi si fa trattare in questo modo non si ama e, chi non si ama, non può nemmeno amare gli altri» sentenziò lei.

«Per te cosa significa amare?» le domandò Emilio.

«Vedi, già il parlarne, il filosofeggiare, per me non hanno nulla a che vedere con quella parola. Amare non è ragionare, è sentire. Io amo qualcuno quando sento il suo profumo semplicemente guardandolo negli occhi.»

9

IL SOGNO DELLA FRANCESE

La prima ora di viaggio era passata. Fermi in un'area di servizio, Atmos e la francese stavano bevendo un caffè mentre Emilio, uscito dal bagno, prese una bottiglietta d'acqua. Il caldo si faceva sentire, soprattutto per il fatto che Félicienne non volle accendere l'aria condizionata. Dopo essersi sgranchiti un attimo, ripresero il viaggio.

«Félicienne, tu che sogno hai comprato?» chiese all'improvviso Emilio.

Temeva che la domanda potesse essere invadente, ma preferì andare oltre i suoi timori perché voleva approfondire come venivano gestiti i sogni altrui. E poi, dopo il racconto di Atmos, trovava naturale che si potesse parlare anche di lei.

«Un sogno impossibile» rispose la donna.

«Davvero? E si è avverato?»

Emilio drizzò subito le antenne.

«Se faccio ancora parte del club, direi di sì» ruotò la testa nella sua direzione e gli fece l'occhiolino.

«Dai raccontami, com'è andata?» fremeva; l'idea che un sogno impossibile si fosse realizzato alimentava ancora di più le sue speranze.

Lei iniziò il suo racconto.

«Ero amica di Atmos da diversi anni ormai e mi aveva già parlato del club dei venditori di sogni e di come fosse cambiata la sua vita da quando ne faceva parte. Ma la cosa ancora più bella era la possibilità di aiutare altre persone a realizzare i propri sogni. Questo era il valore aggiunto, la vera ricchezza del club. Un giorno, durante un picnic al parco Lambro, mi aveva interrogato sui miei desideri, ma non mi veniva in mente niente, a parte la cittadinanza francese, ovviamente. Ma per quella non serviva il club, mi bastava trovare un uomo in Francia e sposarlo. Non per niente andavo e vado a Nizza quasi tutti i fine settimana» disse con un sorriso luminoso e uno sguardo incantato.

«Quindi non sei veramente francese?»

«No, solo il mio nome lo è.»

Atmos si lasciò scappare un ghigno divertito al quale lei rispose con un'occhiata complice dallo specchietto retrovisore.

«E di dove sei allora?»

«Sono siciliana. Comunque non avevo ancora trovato un valido sogno per iscrivermi. Fondamentalmente sono sempre stata piuttosto appagata, forse perché non mi soffermo troppo a pensare su ciò che vorrei o ciò che mi manca. Mi sembra una perdita di tempo, considerata la quantità di meraviglie che ci sono da ammirare nel mondo. Tuttavia, un giorno, piombai nella sua bottega in lacrime. Preoccupato mi chiese cosa fosse accaduto e, singhiozzando, aprii un fazzoletto sul suo bancone mostrandogli una farfalla morta. Era stato un incidente, l'avevo distrattamente schiacciata sotto un libro. Non avrei mai fatto del male a una farfalla, io stessa sono una farfalla. Lo implorai di aiutarmi.

"Ti prego aiutami!"
"Ma cosa posso fare?"
"Portami dal Gallo, voglio comprare il mio sogno. Voglio che questa farfalla torni a volare."

Era pura follia, lo so, ma è stato quello il mio primo pensiero dopo essermi accorta di averla uccisa: correre dal mio amico e chiedergli di portarmi dal Gallo. Certo, Atmos mi aveva raccontato più volte di come il Gallo trovasse sempre una soluzione a tutto, ma questo era davvero impossibile. In cuor mio davo per scontato un rifiuto e forse ero corsa lì semplicemente per sfogarmi di quello che avevo fatto, ma ciò non toglie che, in quella mia reazione, c'era stato davvero qualcosa di mistico: io volevo credere che il Gallo potesse aiutare anche me. Ma la cosa più incredibile fu la reazione del mio amico Atmos che, senza battere ciglio, mi prese la mano e disse "va bene". Questo mi riempì di gioia, anche se devo ammettere che mi disorientò. Come si poteva realizzare un sogno del genere? Ero curiosa ed elettrizzata quando arrivai per la prima volta al club. Dopo aver letto il regolamento, però, iniziai a sentire odore di fregatura. La prima regola diceva che si vendevano sogni, non la loro realizzazione. Significava quindi che mi avrebbero venduto un'illusione?»

Emilio sgranò gli occhi, anche lui voleva una risposta a questa stessa domanda.

«A quel punto, divisa tra la curiosità di capire dove sarebbero andati a parare e il desiderio di ridare vita alla farfalla, compilai il modulo e divenni socia.»

«Quello fu il momento più memorabile della storia del club» la interruppe Atmos.

«Quale momento?» chiese Emilio.

«Il momento in cui completò il modulo con le proprie generalità e consegnò il suo documento da fotocopiare» rispose abbozzando un sorriso che si trasformò a breve in una lunga e sonora risata.

«Piantala Atmos.»

«Félicienne Moule» sussurrò lui continuando a ridere di gusto.

«Stronzo.»

«Fate capire anche a me?»

«Oh, certo Emilio, devi sapere che sul documento di identità non c'era scritto questo nome, ma quello vero...» rideva sempre più forte «...

che lei aveva tradotto in francese…» iniziò perfino a lacrimare «Felicetta Cozza!»

Anche Emilio esplose in un'incontenibile risata.

«Li hai denunciati i tuoi genitori vero?!» infierì ancora Atmos.

«Tu hai il coraggio di parlare, caro il mio Ambrogio? Ringrazia tuo padre che ha avuto il buon gusto di darti un soprannome.»

«A me non dispiace Ambrogio.»

«Ma per favore, potevi fare la pubblicità della Ferrero Rocher: *Ambrogio, la mia non è fame, ma voglia di qualcosa di buono…*»

«E io avrei dato qualcos'altro alla signora, altro che cioccolatino…»

Ridevano tutti e tre. Sembravano davvero spensierati, ma Emilio non lo era affatto: fremeva per sentire il resto del racconto.

«Ma poi com'è finita la storia del tuo sogno?» chiese.

«Beh, il Gallo mi ha ascoltato silenziosamente, poi si è alzato ed è andato a riflettere di fronte alla finestra, proprio come ha fatto con te. Io lo guardavo perplessa e, quando aprì bocca, fu così serio che mi convinsi avesse davvero il potere di far volare di nuovo quella povera farfalla.

"Sei mai stata ad Antey-Saint-André?"
"No, è in Francia?"
"Valle d'Aosta."
"Ecco perché non ci sono mai stata."

"È una località di montagna, ci sono vallate e tanti fiori. Lì la tua farfalla tornerà a volare."

"Parli seriamente?"

"Sì, andiamo questo fine settimana."

Lo disse in un modo così convincente che sul momento non mi venne nemmeno il dubbio che dietro quell'invito potesse nascondersi un tentativo di provarci con me. Ci pensai più tardi, dopo aver accettato. Il fatto che Atmos mi affidasse a lui era segno che potevo fidarmi, ma preferii lo stesso chiedere al mio amico di venire con me. Avrebbe dovuto chiudere la bottega un sabato, poi la domenica saremmo rientrati.»

«Ma tu un pensierino sul Gallo non lo hai mai fatto?» domandò Emilio.

«Oh, no. Certo è un bell'uomo, ma gli mancano le caratteristiche principali.»

«Cioè?»

«Punto primo: non è francese, quindi niente cittadinanza. Secondo: non ha gli occhi chiari. Terzo e più importante ancora: non profuma di fiori d'arancio.»

«Cioè tu non vai con un uomo se non ha gli occhi chiari, non profuma di fiori d'arancio e non è francese?»

«A vederla non sembrerebbe una psicopatica, vero?» aggiunse Atmos.

«Ho quarantun anni e non ho ancora la cittadinanza francese. Non posso perdere ulteriormente tempo con uomini di altre nazionalità. Solo una volta nella vita ho avuto un fidanzato dagli occhi scuri e sono stata punita visto che, quando ci siamo lasciati, mi sono rimaste da pagare tutte le multe che aveva preso con la mia macchina. E il profumo di fiori d'arancio sarebbe il massimo. Ho avuto uomini che profumavano di lavanda, di glicine, di vaniglia, ma mai di fiori d'arancio: la mia fragranza preferita. Quando incontrerò un uomo che profuma di fiori d'arancio saprò che è *lui*.»

«E il Gallo di cosa profuma?» chiese Emilio.

«Borotalco. È buono, ma i fiori d'arancio sono un'altra cosa.»

Emilio sembrava divertito dalle stranezze di quella donna, ma era avido di risposte e voleva conoscere il resto della storia.

«Capisco, ma poi com'è finita la questione della farfalla?»

«Partimmo di sabato verso le undici di mattina, per rientrare poi la domenica sera. Ci vollero circa due ore per arrivare. Il Gallo era già lì ad aspettarci e c'era anche sua moglie, di cui nessuno mi aveva ancora parlato. Se avessi saputo prima della sua presenza avrei evitato al mio amico Atmos di chiudere la bottega, però in fondo ero più felice così. Mi faceva piacere che ci fosse anche lui e il clima familiare mi rilassò del tutto. La moglie fu molto carina e ospitale con me e il posto era davvero meraviglioso. Vallate e fiori ovunque. Mi sentivo a casa. Pranzammo in un bel ristorante e passeggiammo per il paese. Non parlammo della mia farfalla, capii senza chiederlo che ci avremmo pensato l'indomani. La sera mangiammo a casa e rimanemmo poi, per ore, in giardino a parlare cullati da un lieve e profumato venticello. La mattina seguente, dopo una splendida colazione, il Gallo mi disse "andiamo, è il momento". Partimmo tutti e quattro per una bella scarpinata in salita. Il Gallo era davanti a tutti che guidava il gruppo, sua moglie dietro, poi io e infine il mio amico Atmos che era quello che faticava di più. Temetti perfino che potesse venirgli un infarto. Arrivammo poi a imboccare un piccolo sentiero in mezzo agli alberi che ci condusse a un grande spiazzo verde, da cui si dominava una vallata. Lì ci fermammo e ci sedemmo ad ammirare il panorama. Atmos era esausto e si sdraiò sull'erba. A quel punto, lo imitai e mi sdraiai al suo fianco. Guardai il cielo, di un azzurro intenso, con qualche nuvola bianca che correva veloce. Il Gallo e sua moglie si tenevano per mano e guardavano lontano. "È qui che le ho chiesto di sposarmi" ci disse il Gallo. L'atmosfera era incredibile, mi sentivo in pace con il mondo. Poi, a un certo punto, il Gallo lasciò la mano della moglie e si alzò in piedi. "Vieni" mi disse e io lo seguii per qualche metro. Eravamo a ridosso dello strapiombo. Anche sua moglie e Atmos si alzarono e si avvicinarono. Il mio amico era alla mia sinistra, il Gallo alla mia destra con sua moglie a fianco. "Lei dov'è?" mi chiese. Dalla mia borsa tirai fuori il fazzoletto dove la custodivo dal giorno in cui le avevo tolto la vita. Lo aprii e la osservai, era ancora bellissima. "Soffia" mi disse il Gallo e io soffiai su di lei. Ben presto si trovò nel vuoto, nel pieno dello strapiombo, e noi, immersi in quella sua caduta leggera, in attesa che atterrasse su quel bellissimo e coloratissimo letto di fiori. E fu in quel momento che avvenne qualcosa di magico.»

«Cosa?» chiese Emilio palpitante.

«Arrivò un uccellino che la prese in volo. In quel preciso istante capii e piansi» disse emozionata e nuovamente commossa.

«Cos'hai capito?» chiese ancora Emilio.

«La morte non cancella il futuro, cancella il passato. Non si può essere più ciò che si è stati, ma si può essere qualcosa di nuovo. È l'eterna trasformazione. La mia farfalla avrebbe nutrito qualcuno e continuato il suo volo dentro di lui. Ogni fine è anche un inizio. Siamo così legati all'idea delle cose come le vediamo, che non siamo capaci di guardarle nel loro insieme e cogliere la meraviglia dei mutamenti. Dalle nuvole cade l'acqua che nutre le piante, dagli alberi si ricava la carta su cui vengono stampati i libri. Ma tu hai mai pensato che quando leggi un libro, stai sfogliando le nuvole? Tutto racchiude tutto, ma noi non ci fondiamo con il mondo che ci circonda sentendoci parte di un insieme. Non pensiamo che una farfalla mangiata possa continuare la sua vita dentro un passerotto. I cambiamenti ci spaventano, ma se nulla cambiasse le farfalle non ci sarebbero nemmeno. I fiori sbocciano, fioriscono e appassiscono, proprio come le persone. Ed è proprio questa la loro bellezza, sono vivi. I fiori finti non appassiscono, sono eterni, ma poiché non possono morire, non possono nemmeno vivere. Ciò che è passeggero è più bello di ciò che è eterno, perché è vero. E lo stesso vale anche per i sentimenti. Un sentimento non può essere eterno, cambierà, avrà anche lui la sua mutazione che porterà a qualcosa di nuovo, all'interno o all'esterno della coppia in cui è nato. Ci rattristiamo quando un amore finisce o cambia, ma se rimanesse uguale per tutta la vita sarebbe semplicemente finto, come un fiore di plastica. La meraviglia è nelle cose vere, che cambiano e si rinnovano ogni giorno. La meraviglia esiste nel presente che cambierà, non nell'eternità.»

«Queste sono perle che non ti aspetteresti da lei, vero Emilio? Sembra leggera e superficiale, pensa ai fiori, alle farfalle, agli uomini profumati... e poi all'improvviso tira fuori il meglio del suo lato spirituale.»

«Era un complimento?» chiese compiaciuta.

«Sì, ma non montarti la testa.»

Emilio, completamente stregato, aveva la pelle d'oca. Trovava quelle parole così incantevoli e magiche, ma anche profondamente vere.

10

IL SOGNO DEL GALLO

Quando arrivarono ad Antey-Saint-André, in tarda mattinata, il Gallo era già lì ad accoglierli. Il clima della montagna mitigò la sofferenza del viaggio senza climatizzazione. Paradossalmente però, quello meno provato sembrava essere Emilio, come se i racconti che aveva ascoltato avessero avuto su di lui un potere rigenerante.

«Ben arrivati.»

«*Coq*, io mi farei subito una doccia» esordì la francese.

«Fa' pure. Ti ricordi dove sono gli asciugamani degli ospiti?»

«Sì, certo.»

«Poi non perdere tempo a rivestirti.»

«Cretino.»

«Volete bere qualcosa?»

«Un bicchiere d'acqua» rispose Atmos che nel frattempo si era seduto sul divano.

«Anche per me, grazie» gli fece eco Emilio.

Il Gallo li servì, poi Atmos si tolse le scarpe e si sdraiò.

«Mi rilasso un attimo.»

«Sì, certo. Vieni Emilio, andiamo in giardino che sotto gli alberi si sta una meraviglia.»

Lui lo seguì in giardino dove c'era un lieve e piacevole venticello.

«Tua moglie non c'è?» domandò.

«È a fare la spesa con nostra figlia. Torneranno a breve.»

«Non sapevo avessi anche una figlia.»

«Si chiama Sara, ha undici anni. Come ti senti?»

«Bene. Il viaggio è stato un po' stancante, per via del caldo. Però pian piano che ci avvicinavamo si cominciava a stare meglio.»

«Vedrai che questi due giorni ti rivitalizzeranno.»

«Ci conto» replicò Emilio chiudendo gli occhi e inalando aria pura.

«Sai, Gallo, durante il viaggio sia Atmos che Félicienne mi hanno raccontato del loro sogno.»

«Ah, bene. E che ne pensi?»

«Mi hanno colpito entrambi, anche se per ragioni diverse. La vicenda di Atmos la trovo dolorosa. Se avessi realizzato io un desiderio con quelle conseguenze, credo che non farei altro che maledirlo e invece lui va avanti per la sua strada con orgoglio. Questo mi ha davvero sorpreso.»

«Capisco cosa intendi, ma vedi, se non fosse così tenace e motivato non sarebbe in grado di sostenere la grandezza del suo sogno. E con il suo esempio è come se ci incitasse a conservare i nostri sogni nel cuore, anche se ci dovessero presentare un conto amaro.»

«Non penso che ci riuscirei... La storia della farfalla, invece, mi ha proprio conquistato.»

«Beh, è sicuramente stato un desiderio più insolito e affascinante.»

«Ma se non fosse arrivato quell'uccello in volo?»

«Probabilmente Félicienne sarebbe arrivata alle stesse conclusioni. Quel giorno era ricettiva e quando siamo aperti, la magia può entrare dentro di noi.»

«Ed è questo che mi devo attendere anch'io? Arrivare a capire qualcosa ed essere poi felice di morire?»

Il Gallo lo guardò mentre il vento gli muoveva i capelli.

«Nessun sogno è impossibile se lo guardi con onestà e dalla giusta prospettiva. Il fatto che realizzazione del sogno possa avvenire in modo diverso rispetto alle iniziali aspettative, non significa che non sia vera. Se abbiamo accettato di aiutarti è perché siamo convinti che tu possa guarire. Il punto è un altro, Emilio.»

«Quale?»

«Sei proprio sicuro che sia il cancro la vera malattia da cui guarire?»

Emilio spalancò gli occhi, interdetto.

«Cosa intendi? Io sto morendo!»

«Chiunque sia nato, sta morendo. Hanno esaurito le risorse terapeutiche per curarti, ma tu puoi affermare con assoluta certezza che morirai prima di me?»

Emilio rimase colpito.

«È presumibile» replicò, poi, dopo una pausa di silenzio.

«Ma non è scontato. Potevo morire oggi stesso in un incidente stradale o per infarto. Non sappiamo quanto ci sarà dato da vivere, ma sappiamo che il tempo che ci rimane ci appartiene fino all'ultimo respiro. Per questo credo che ci sia un solo modo di vivere che non sia mai sbagliato.»

«Quale?»

«Con intensità.»

«Intensità...» ripeté Emilio.

«C'è qualcosa in particolare che ti ha colpito della francese?»

«La vitalità.»

«Bene. E sai qual è il segreto della sua vitalità?»

«Quale?»

«Qualsiasi cosa faccia, lei si perde del tutto in quello che sta facendo. Lo vive, lo respira, perde completamente il senso del tempo. Non è mai puntuale. Non è prigioniera dei pensieri, è spontanea come un bambino, si abbandona alle cose e alle azioni che compie. Vive il momento e nient'altro. Non c'è un prima e non c'è un dopo, esiste solo l'attimo. Per questo le ho chiesto di portarti per un giorno in giro con lei: affinché tu potessi osservare. È difficile guarire se pensi alla morte in ogni momento. Per smettere di pensare, anche tu hai bisogno di perdere il senso del tempo.»

«Perdere il senso del tempo...»

Emilio ripeteva le parole che lo colpivano come se, così facendo, potesse imprimerle con più forza dentro di sé.

«L'altro problema è guardare in faccia la morte con occhi diversi. La difficoltà viene dall'idea che abbiamo della morte ed è un fatto culturale. Le civiltà del passato davano ricchezza e significato al momento del passaggio, noi lo temiamo. Ci comportiamo come se quel momento non dovesse mai arrivare. Facciamo fatica a vedere nella morte un compimento, ciò che dà senso e valore all'esistenza, il divenire ciò per cui siamo nati. Morire per raggiungere la nostra parte immortale. Attraversare l'ignoto per scoprirne il segreto.»

Poi il Gallo smise di parlare e per alcuni minuti restarono in silenzio, immersi nella pace assoluta, finché Emilio si alzò e si avvicinò a un albero. Si sedette e toccò la terra con le mani. Il Gallo lo raggiunse e si sedette al suo fianco.

«Non ricordo da quanto tempo non stavo così bene» disse Emilio.

«Speravo ti facesse questo effetto venire qui.»

«Ascolta, ma anche tu hai comprato un sogno oppure puoi solo venderne?»

Il Gallo sorrise e alzò gli occhi al cielo.

«Il club è nato quindici anni fa, tutto ha avuto inizio con due sogni. Questo è il mio» disse mostrando a Emilio la fede che portava al dito.

«Il matrimonio?»

«Già» sorrise «in cambio io le ho offerto l'eterna giovinezza.»

«Lilly? Lilly è tua moglie?»

«Proprio così. Decidemmo di fondare il club dei venditori di sogni il giorno stesso in cui accettò di sposarmi.»

Emilio sorrise compiaciuto.

«Beh, questa rivelazione rende il club ancora più... magico.»

«Siamo un club, ogni persona che ne entra a far parte lo rende a modo suo speciale.»

«Ma scusa, una curiosità. Da quello che ho capito, stai molto bene economicamente. Perché Lilly continua a lavorare come spogliarellista?»

«Perché adora quel lavoro. E poi ha un dono, sa entrare in empatia coi clienti, vede dentro di loro. Se un cliente non ha bisogno di lei, non lo andrà mai a cercare come ha fatto con te. O forse queste sono tutte scuse e il vero motivo per cui vuole lavorare è per controllare che io non faccia troppo il galletto con le altre ragazze del locale» commentò con un sorriso ricambiato anche da Emilio.

«Comunque considera che le notti non le fa più da tanti anni. Lavora solo le tre ore del pomeriggio mentre mia mamma ci tiene la bambina.»

«Capisco. Ma da quanti anni state insieme?»

«Venticinque. Da quando io avevo vent'anni.»

«Una vita.»

«Già. Passati i primi anni di amicizia in cui ero già cotto e lei mi considerava un bambino, qualcosa è iniziato a scattare anche nel suo cuore. All'inizio fu tutto molto difficile e vissuto in segreto. Temeva che mio padre l'avrebbe licenziata se ci avesse scoperti e in effetti lo fece il giorno in cui gli diedi la notizia. La riassunse, di nuovo, dopo una settimana di guerra quotidiana contro me, ma non gli andò mai giù il nostro rapporto. Mio padre era un imprenditore, aveva anche due ristoranti, un'enoteca, un solarium, una pompa di benzina, un autolavaggio e diversi immobili in affitto. Per lui il *Paradise* era puro business, ma non era fatto veramente per il tipo di vita che ruota attorno a questo genere di locali. Poteva tollerare che scopassi con una spogliarellista, ma non che ci stessi insieme. Subito dopo essermi laureato in economia, facoltà che scelse lui per me, chiesi a Lilly di sposarmi e lei rifiutò, sia per non peggiorare ulteriormente la situazione, sia perché era contraria di fondo al matrimonio. Lei veniva da una famiglia di genitori separati, a differenza mia che ero abituato alla classica famiglia del *Mulino Bianco*. Nel frattempo mio padre mi trovò un lavoro nell'azienda di un suo amico imprenditore, doveva essere la mia gavetta prima di prendere in mano alcune attività di famiglia. Dopo pochi mesi mi licenziai per lavorare part-time, come commesso, e iscrivermi alla facoltà di filosofia; desideravo seguire bene gli studi e non ci sarei riuscito con un lavoro a tempo pieno. Proprio nel momento in cui ero ai ferri corti con mio padre, Lilly rimase incinta. Di fronte a un figlio perfino lui cambiò atteggiamento e, dopo aver ingoiato il rospo, la accettò. Nacque Sofia quando avevo ventisei anni. Chiesi nuovamente a Lilly di sposarmi e rifiutò ancora. Mio padre la prese peggio di me. Quando due anni dopo ebbe un infarto e morì, io, un economista filosofo, mi ritrovai a dover gestire tutte le attività che aveva messo in piedi. Un anno dopo, la tragedia più grande. Una leucemia fulminante si portò via Sofia.»

Emilio rimase tremendamente toccato.

«Mi dispiace davvero» disse con un filo di voce.

Nel frattempo anche Atmos e la francese li raggiunsero in giardino e il Gallo riprese il suo racconto.

«Fu terribile. All'inizio odiavo la morte, questo terribile evento che mi aveva separato dalla mia piccola Sofia. Ma poi l'amico tempo, come lo chiamerebbe Atmos, fece il suo lavoro e invece di continuare a inveire contro il destino, io e Lilly iniziammo a reagire. Smettemmo di domandarci *perché fosse successo* e cominciammo a chiederci *cosa avremmo potuto imparare da quella prova*. Dopo un anno dalla morte di Sofia, proprio qui ad Antey-Saint-André, dissi a Lilly che desideravo fondare un club che aiutasse le persone a realizzare i propri sogni. Lei mi chiese quale fosse il mio.

"Il mio sogno è sposarti."
"Non vorresti riavere Sofia con noi?"
"I ricordi guardano indietro, i sogni guardano avanti."

Poi le chiesi del suo sogno. Allora rifletté e sorridendo rispose che desiderava l'eterna giovinezza. Quel giorno, con lo scambio dei nostri sogni, nacque il club. Fu il nuovo inizio, un modo di andare oltre a ciò che era successo. Continuare a credere nei sogni anche quando il nostro ci era stato strappato. Da quel momento iniziammo a vivere più intensamente. A volte, è solo dopo essere stati colpiti in prima persona che si riesce a guardare le cose in modo diverso. Non aveva alcun senso odiare la morte; l'avversario da aggredire era stato la malattia, non certo la morte. Questa non la si può combattere, ma solo accettare come parte dell'esistenza ed è proprio l'esistenza della morte che ci spinge a non fermarci alla superficie delle cose. Nel frattempo mi iscrissi anche alla facoltà di teologia e dopo quattro anni nacque Sara.»

«La malattia… non la morte» ripeté Emilio.

«Qual è la tua vera malattia?»

Emilio rimase in silenzio, pensieroso, cercando di cogliere il messaggio che il Gallo tentava di trasmettergli.

«Stai cercando di farmi capire qualcosa, ma io non ci arrivo.»

In quel momento fecero il loro ingresso in giardino Lilly e la piccola Sara.

«Ciao Emilio» esordì la donna avvicinandosi e dandogli un bacio sulla guancia.

«Oh, ciao Lilly. Ciao piccola, io sono Emilio» disse accarezzandole la testa.

«Io sono Sara!» rispose, sorridente, la piccola.

Aveva il sorriso della madre e gli occhi del padre.

«Preparo qualcosa da mangiare, poi stasera ci viziamo e andiamo alla locanda» concluse Lilly.

11

ROSE

Mangiarono in giardino, Lilly aveva preparato un'insalata di riso. Durante il pranzo, e anche nel primo pomeriggio, Sara aveva cercato di catturare l'attenzione del nuovo ospite poi, una volta sdraiata sul dondolo per riposare, si era addormentata.

Emilio, sollecitato dal Gallo, aveva iniziato a raccontare un po' di sé.

Si era sposato all'età di ventitré anni. Ai tempi lavorava come infermiere e in ospedale aveva conosciuto Anna, una collega, che poi era diventata sua moglie. Fin da subito, Anna aveva manifestato il desiderio di maternità, ma Emilio, profondamente insoddisfatto della sua professione, si era iscritto all'università serale e le aveva chiesto di temporeggiare. Dopo essersi laureato in lingue, tramite concorso, era entrato nella scuola come insegnante precario di inglese, professione che poi, a seguito dell'immissione in ruolo avvenuta dopo anni, avrebbe esercitato fino alla pensione.

Appena fatto il suo ingresso nella scuola, Anna aveva di nuovo esternato la volontà di avere un figlio, ma Emilio le chiese ancora di avere pazienza, viste le poche garanzie offerte da un lavoro precario.

La loro vita procedette tranquilla, piuttosto sottotono, senza particolari gioie, ma nemmeno grandi dispiaceri. Questo almeno fino alla prima malattia di Anna. Proprio nel momento in cui Emilio si convinse a cercare un figlio, quando entrambi avevano trent'anni, ad Anna fu diagnosticato un tumore all'utero. Fortunatamente tutto andò bene, ma a seguito di quell'evento lei non sarebbe più stata in grado di avere figli. Per Emilio fu un dispiacere, per Anna una vera tragedia.

«Fu come se l'avessero privata del diritto di essere donna fino in fondo. Cadde in depressione e fu in quel momento che capii di non essere io a poterla completare come donna. Mi sentii inutile e, una volta preso coscienza di questo, fui un marito assente. Ero a disagio, non sapevo cosa fare per lei e così non feci nulla. Davo la colpa ai desideri. Senza desideri non ci sarebbero state aspettative e nemmeno delusioni. Mi dedicai solo alla scuola e iniziai anche a occupare il tempo libero facendo il traduttore di libri. Non uscivamo mai. Niente gite, cinema, ristoranti, ballo, distrazioni. Poche vacanze, pochi amici. Niente dialogo. Tutte cose che avrebbero potuto aiutarla, distrarla, darle degli stimoli. Faceva solo avanti e indietro tra casa e lavoro, dividendosi tra gli ammalati da accudire, una casa da pulire e un marito da servire. Fu solo quando si ammalò di nuovo e la vita mi rimise di fronte all'idea di perderla che realizzai i miei errori. Ma ormai erano già passati trent'anni, una vita intera a rinviare ogni opportunità. Ci sarebbe stato tempo dopo la pensione, ma quando poi arriva il momento in cui si potrebbe, è già passato quello in cui si può. L'unico vero gesto che ho fatto per lei, quando ormai non le restava che un mese di vita, è stato quello di prendere un'aspettativa dal lavoro per starle a fianco ogni giorno che rimaneva.»

«Qual è stata la seconda malattia di tua moglie?» chiese Atmos.

«Ancora il cancro, ma questa volta al seno. È stato devastante, per entrambi. Lei per la sofferenza a cui è stata sottoposta e io per lo strazio a cui ho dovuto assistere. Un calvario durato tre anni. Solo le ultime settimane sono state paradossalmente serene, dopo che è stata ricoverata in un hospice.»

«Cos'è un hospice?» domandò Félicienne.

«È una sorta di ospedale dove vengono indirizzati quei malati terminali per cui non è più possibile fare niente, se non alleviare le sofferenze con cure palliative come la terapia del dolore. Sono luoghi di sofferenza e di pace allo stesso tempo, dove non ci si occupa più di curare la malattia, ma ci si dedica alla persona. Si cerca di fare il possibile in un contesto di impotenza generale. C'è grande attenzione, cura e umanità nei confronti del malato.»

«Non sapevo esistessero dei luoghi dedicati a questo.»

«Per fortuna sì, sono di grande aiuto sia per il malato che per i parenti. Purtroppo, però, quando si ricorre a certe strutture vuol dire che di tempo ne rimane davvero poco; qualche settimana in genere, nel caso di Anna nove giorni.»

«Capisco.»

«Lì avevamo tutta l'assistenza che serviva, fisica e psicologica. Ricordo che io non le avevo ancora detto che si trattava dell'ultima tappa, perché temevo non avrebbe sopportato la notizia. Invece fu il contrario. Dentro di sé lo sapeva e il non poterne parlare, forse nell'idea di proteggere me, rendeva il suo percorso ancora più tormentato. Fu lo psicologo della struttura a farmelo capire. Mi dissero fin da subito che avrebbero agito con la massima trasparenza e a una domanda diretta di Anna, in mia presenza, furono espliciti. Le dissero che non erano in grado di fermare la malattia, ma che l'avrebbero accompagnata fino all'ultimo, ostacolando il dolore e rendendo il passaggio il più dolce possibile. Fu da quel momento che Anna si tranquillizzò e gli ultimi giorni furono i più intensi. È anche per questo che quando mi sono ammalato ho voluto che i medici fossero onesti fin dall'inizio. Se stavo morendo volevo saperlo subito. Quando però l'ho scoperto non mi sono tranquillizzato come mia moglie, io non sono pronto.»

«Quindi lei l'ha vissuta serenamente?»

«Sì, e io non me ne capacitavo. Negli ultimi giorni siamo entrati in una dimensione molto intima, come mai avevamo fatto. Prima di lasciarmi, Anna, ha cercato di trasmettermi ciò che secondo lei contava veramente e che forse aveva capito solo troppo tardi. Continuava a ripetermi di vivere e di non pensare. Forse era questo che aveva fatto per tutta la vita dopo la prima malattia: continuare a pensare di non poter avere figli. Voleva forse dirmi di non pensare che sarei invecchiato solo, di non domandarmi cosa sarebbe stato il futuro, ma di occuparmi semplicemente di vivere. O forse voleva dirmi di non pensare a quei sensi di colpa che, inevitabilmente, dopo la sua morte sono venuti a galla. Dopo che sono rimasto solo ho cercato di immergermi totalmente nel lavoro per non pensare, ma sapevo che era solo questione di tempo: un paio di anni e sarebbe arrivata la pensione. Da lì c'è stato il colpo di grazia, non solo perché non sapevo più come riempire le giornate e sentirmi utile, ma soprattutto perché sentivo di aver perso il mio ruolo sociale. Prima ero un insegnante, adesso cos'ero diventato? Cos'è un pensionato? In cosa mi potevo identificare? Avevo iniziato a fare proprio ciò che mia moglie mi aveva chiesto di non fare: pensare. Passavo le giornate a rimuginare, il tempo sembrava immobile, la solitudine mi divorava. Negli anni non mi ero costruito delle relazioni di amicizia. C'era qualche ex collega che andavo a trovare di tanto in tanto, ma fondamentalmente ero solo. Potevo buttarmi nel volontariato, ma non mi venne nemmeno in mente. Mi ammalai. Credevo che sarei morto subito, non volevo combattere, invece accadde qualcosa che mi restituì la voglia di vivere.»

«Cosa?» chiese Lilly.

«Rose.»

«Chi è?»

«Dopo l'intervento chirurgico e il mio ritorno a casa, ero molto debole. Praticamente uscivo solo per i day hospital di chemioterapia. Mi facevo portare la spesa in casa, pagavo una persona per fare le pulizie e cucinare. Passavo le giornate a leggere libri e quando non leggevo navigavo in internet. In rete iniziai a frequentare blog e chat tematiche sulla letteratura inglese del novecento, di cui sono un grande appassionato. Su una di queste chat ho conosciuto Rose. È inglese, ha cinquantacinque anni, è bella, solare, positiva e con un passato incredibile. Vi faccio vedere una foto che mi ha inviato e che ho stampato.»

Estrasse il portafoglio da cui tirò fuori la foto. Aveva lunghi capelli neri con un ciuffo rosa, grandi occhiali spessi e due piercing: uno al naso e uno sul labbro inferiore.

«Non è splendida?» chiese.

«Molto particolare» rispose Lilly.

«Sì, davvero» confermò Atmos.

«A me sembra una via di mezzo tra una nerd e una punk» commentò Félicienne.

«Cos'è una nerd?» domandò Emilio perplesso.

«Una secchiona» specificò lei.

«Ma siete fidanzati?» chiese Lilly.

«Diciamo di sì, anche se solo virtualmente. Ma ci sono due problemi.»

«Quali?»

«Il primo è che non le ho mai detto di essere malato.»

«E perché?»

«Perché ho avuto paura.»

«Di cosa?»

«Di rompere la magia che si era creata.»

«E il secondo problema qual è?»

«Che quando mi sono aggravato, mi hanno ricoverato per più di un mese. Il ricovero è stato improvviso, a seguito di un malore. In ospedale non ho avuto modo di comunicare con lei, io non ho uno smartphone. Quando sono stato dimesso e mi sono ricollegato alla chat, la *stanza* dove l'avevo conosciuta era chiusa e non è più stata aperta.»

«La *stanza*?» chiesero tutti in coro.

«Vedo che non siete pratici delle chat, oggi vanno di moda i social, che io detesto. Le chat tematiche di gruppo, dove tutti parlano con tutti su un certo argomento, prevedono che un utente, diventando moderatore, possa aprire una *stanza*, ovvero una chat dentro la chat, a cui solo gli utenti interessati scelgono di accedere. Per esempio, all'interno di quella chat di letteratura inglese c'erano molte stanze dedicate ai singoli autori. Rose era la moderatrice di una *stanza*, solo che invece del nome di un autore, nel titolo, c'era un numero: 143. Questo mi incuriosì ed entrai. Forse è proprio perché non era dedicata a nessun autore, che non ho trovato alcun utente al suo interno. Eravamo solo io e lei e, grazie a questo, si è creata subito una certa intimità. Quando le chiesi quale fosse l'argomento della chat, mi rispose che si parlava d'amore. Ci scrivevamo ogni giorno. Non immagino cosa possa aver pensato e provato durante quel mese di silenzio. Forse avrà abbandonato la chat per delusione, ma è il pensiero che possa esserle accaduto qualcosa di brutto che mi logora ancora di più. Vorrei trovarla, raccontarle la verità e passare con lei i miei ultimi giorni.»

«Quindi è per questo che ti ha attirato l'insegna del mio locale, giusto?» chiese il Gallo.

«Sì, speravo potesse esserci un qualche legame con lei o se non altro ci ho voluto cogliere un segno. Quel numero che mi aveva portato all'amore, dove voleva condurmi questa volta? E così ho incontrato voi.»

«*Merde*! Ma perché non ci hai parlato subito di Rose? Ci saremmo attrezzati per aiutarti nella ricerca. Ma non hai un numero di telefono? Un'email?»

«No. La mail non ci interessava, era troppo sterile perché priva di comunicazione in tempo reale e il numero di cellulare non ce lo eravamo ancora scambiato. Non avevamo motivo di ricorrere a costose chiamate internazionali, era più poetica la chat. Progettavamo di incontrarci, prima o poi, e il numero ce lo saremmo comunicato a tempo debito.»

«Non hai nemmeno un cognome? Un indirizzo? Una città?»

«Londra. So che vive nel quartiere Soho, ma non conosco né l'indirizzo né il cognome.»

«È già qualcosa. Hai provato con Facebook, Instagram o altri social?»

«Come ti dicevo li detesto. So che lei ha un profilo Facebook che usa saltuariamente, ma solo con il nome di battesimo è un'impresa rintracciarla. Non sarà tramite un social che la troveremo.»

«Tu sottovaluti il potere di questi strumenti. Lascia fare a me, ci penso io a trovare la tua punk nerd» concluse Félicienne.

12

UBRIACATEVI

Dopo aver ricevuto la visita dell'infermiere per le medicazioni, Emilio aveva passato il resto del pomeriggio a risposare nella stanza degli ospiti; adesso si sentiva molto stanco. Mentre gli altri erano usciti a passeggiare, Félicienne era rimasta a casa e aveva iniziato la sua spasmodica ricerca di Rose su tutti i social network.

Era convinta di trovarla, ma l'entusiasmo iniziale aveva pian piano lasciato spazio allo sconforto. C'erano un sacco di donne inglesi con quel nome, ma nessuna assomigliava a lei e nessuna aveva un ciuffo di capelli rosa. Andò a svegliare Emilio per ottenere altre indicazioni utili come il nome di una scuola frequentata o dell'azienda in cui lavorava; ma Emilio non aveva nessuna di queste informazioni. Sapeva che lavorava in una piccola biblioteca, ma non ne conosceva il nome.

Quella sera uscirono tutti per cena. Si recarono in una locanda di cui il Gallo e Lilly erano abituali clienti, ma anche Félicienne e Atmos conoscevano già quel posto. L'ambiente era molto familiare e accogliente.

«Ecco la parte che preferisco di questo ristorante» disse Atmos sfogliando la carta dei vini.

«Ma non avevi smesso?» chiese Emilio.

«Oh, certo e non posso rischiare di riprenderci gusto. Mi riferivo alla poesia che c'è scritta come introduzione» e iniziò a leggere.

"Bisogna sempre essere ubriachi.
Tutto qui: è l'unico problema.
Per non sentire l'orribile fardello del Tempo
che vi spezza la schiena e vi piega a terra,
dovete ubriacarvi senza tregua.
Ma di che cosa?
Di vino, di poesia o di virtù: come vi pare.
Ma ubriacatevi.
E se talvolta,
sui gradini di un palazzo,
sull'erba verde di un fosso,
nella tetra solitudine della vostra stanza,
vi risvegliate perché l'ebbrezza
è diminuita o scomparsa,
chiedete al vento, alle stelle, agli uccelli, all'orologio,
a tutto ciò che fugge, a tutto ciò che geme,
a tutto ciò che scorre, a tutto ciò che canta,
a tutto ciò che parla, chiedete che ora è;
e il vento, le onde, le stelle, gli uccelli, l'orologio,
vi risponderanno: È ora di ubriacarsi!
Per non essere schiavi martirizzati del Tempo,

ubriacatevi; ubriacatevi sempre!
Di vino, di poesia o di virtù, come vi pare."

«Bella» confermò Emilio chiedendosi se avessero scelto quella locanda anche per leggergli la poesia e se il messaggio sottile fosse quello di ubriacarsi di vita, per il poco tempo che gli rimaneva.

«È di Baudelaire» disse Atmos.

«Era francese» puntualizzò Félicienne.

Poi passò il cameriere a raccogliere le ordinazioni.

«Quindi mi dicevi che sei laureato anche in teologia?» chiese poi Emilio al Gallo.

«Sì, esatto.»

«E che religione segui?»

«Dopo averne studiate e assimiliate tante, mi sono impegnato a metterle da parte; come tutte le altre mie convinzioni.»

«E cosa pensi ci sia dopo la morte?»

«Penso sia più opportuno occuparsi di cosa c'è adesso, per fare in modo di vivere al meglio il nostro soggiorno su questa terra, fino all'ultimo istante. Quello che invece viene dopo, lo si vedrà al momento debito. Il mistero va vissuto, non svelato.»

«Va vissuto...» ripeté Emilio.

«Invece c'è una domanda che ti volevo fare, Emilio. Cosa ti ha colpito così tanto di Rose da renderti nuovamente ricettivo alla vita?»

«Vedi, Gallo, nel bene o nel male, lei ha vissuto intensamente. La sua vita è stata incredibile, l'opposto della mia: pericolosa, irrazionale e colma di avventura. Tutto ciò che un genitore non augurerebbe mai al proprio figlio. Però per me, che stavo morendo dopo un'intera esistenza priva di qualunque slancio, ascoltare la sua storia è stato emozionante. Avrei voluto fare almeno un decimo delle stupidaggini che ha fatto lei, in fondo si vive una volta sola e la mia vita l'avevo sprecata.»

«Si muore una sola volta, ma non si vive una volta sola. Si vive ogni giorno» replicò il Gallo.

Senza dire nulla, Emilio allargò sia gli occhi che le narici, come se questa frase l'avesse respirata.

«Ma cos'è che ha fatto Rose?» domandò Lilly.

«Ha un passato da punk in cui ha girato il mondo vivendo per strada, chiedendo l'elemosina, dormendo sotto i ponti, nelle gallerie della metropolitana o nelle case occupate. Ha avuto amori folli, si è drogata ed è stata perfino arrestata durante uno sgombero passando una notte in carcere.»

«Hai ragione, tutto quello che non augurerei a mia figlia» replicò Lilly.

«Ti capisco, ma per me è stato un richiamo. Mi è capitato di incontrare dei vagabondi per strada, ma non ci avevo mai parlato provando a vedere la vita attraverso i loro occhi e credo che per lei, incontrarmi, abbia sortito lo stesso effetto. Al contrario di me, aveva bisogno di penetrare nella quiete. Ci siamo trovati.»

«Ma ora come vive?» chiese Atmos.

«Con l'età si è data una regolata. Adesso lavora in una piccola biblioteca indipendente e abita in una casa vera e propria, sebbene in condivisione con due persone; ma del resto, guadagna poco e la vita a Londra costa molto.»

«Meno male, dai» disse Lilly tirando un sospiro di sollievo per la sorte di quella donna.

«Sapete che la prima volta che le scrissi di amarla, lei mi rispose con il numero 143 e così fece anche tutte le volte successive. Quando le chiesi di spiegarmene il significato, mi rispose che lo avrebbe fatto il giorno in cui ci saremmo conosciuti di persona. A questo punto credo che per lei, quel numero, abbia la stessa accezione che mi avete spiegato voi.»

«È molto probabile. Come ti dicevo, tra i giovani di oggi, c'è questo nuovo modo di comunicare in cui 143 significa *I love you* e Rose, da quello che ci hai raccontato, non mi sembra una che abbia difficoltà a socializzare coi giovani» commentò il Gallo.

Emilio sorrise orgoglioso, poi chiuse gli occhi e quando li riaprì erano lucidi.

«Secondo voi è possibile che si sia innamorata di me in chat?»

«Tu ti sei innamorato di lei?» chiese Lilly.

«Oh, certo. Per me è stato come rinascere. Dopo anni di vuoto assoluto e mesi di sofferenza per la malattia, ho ritrovato un'emozione, una ragione che mi spingesse ad alzarmi la mattina. Con lei mi sentivo speciale, non avvertivo nemmeno più il peso degli anni addosso. Il colpo della strega aveva lasciato il posto al colpo di fulmine. Prima avevo sempre freddo, forse anche per problemi di circolazione, ma all'improvviso mi bastava pensare a lei per sentire tepore. Come quando ti trovi su una spiaggia, la mattina presto di un giorno d'estate e, al sorgere del sole, senti i raggi che ti riscaldano.»

«Oh, *c'est magnifique*» mormorò Félicienne.

«Ho ritrovato la voglia di vivere e lottare contro la malattia, ho reagito bene alla chemio e sembrava che il male si fosse fermato. Purtroppo era un'illusione, si stava solo preparando a colpirmi di nuovo e in modo ancora più spietato.»

Tutti lo ascoltavano con attenzione.

«Sapete qual è la cosa assurda? Quando mi sono sposato, e avevo una vita davanti, non mi sono mai domandato se mia moglie mi amasse davvero, lo davo per scontato. Adesso che sono un settantenne sul finire della propria vita, mi chiedo invece se i sentimenti di Rose siano davvero sinceri. È pazzesco.»

«Secondo me non dovresti preoccuparti dei suoi sentimenti, quelli riguardano lei. Le emozioni che hai appena descritto sono meravigliose, vuol dire che stai vivendo, che ti stai nutrendo. Metti da parte i pensieri, ubriacati, annebbia la mente, assapora» replicò Félicienne.

«I *se* sono la più grande perdita di tempo che esista. Perdersi in ipotesi, di cui non puoi conoscere la risposta, è il modo migliore per trasformare ottime opportunità in pessimi pensieri» concluse Atmos.

Dopo questa conversazione la piccola Sara, che a fatica Lilly era riuscita a tenere a bada, iniziò a reclamare l'attenzione su di sé e il resto della serata fu distensiva. Tutti mangiarono tanto ad eccezione di Emilio che mangiò solo un po' di purea con qualche fetta di prosciutto e bevve solo acqua.

In macchina, mentre rientravano verso casa e Sara si era addormentata con la testa appoggiata alla mamma, Emilio si rivolse al Gallo.

«C'è una cosa che ti volevo chiedere.»

«Cosa?»

«Non puoi dirmi apertamente quello che dovrei capire sulla mia vera malattia? Io ci rifletto, ma non ci arrivo.»

Il Gallo si toccò prima il mento, poi i capelli e infine sospirò.

«La risposta a quello che hai dentro non è nelle parole di qualcuno, ma risiede nel profondo della tua coscienza così come il vero amore risiede nel profondo del tuo cuore. Se ti fornisco io la risposta che cerchi, la infilerai nella tua mente cercando di elaborarla e non è questa la strada. Potresti perfino sprecare l'opportunità di capire. Non è con l'intelletto che devi comprendere, non sforzarti di capire, cerca piuttosto di sentire la risposta. Solo così puoi farla venire a galla.»

«Sentire la risposta…» ripeté Emilio «… e se il tempo che mi rimane non fosse abbastanza?»

«Fidati del tempo e lui non ti tradirà» gli rispose Atmos.

13

IL PEGGIORAMENTO

Emilio si era recato a trovare Lilly al *Club 143*. Lei gli trasmetteva serenità e la sensazione di poter parlare senza sentirsi giudicato. Le parlò dei suoi rimorsi e sensi di colpa per la vita triste a cui aveva condannato la moglie. Ripensava a quando lei aveva provato a ipotizzare un'adozione, che lui aveva bocciato sostenendo di non voler crescere il figlio di qualcun altro. Assecondandola, forse, le avrebbe dato una nuova ragione di vita. Magari non si sarebbe neppure ammalata e oggi lui non si troverebbe così solo o, se non altro, ci sarebbe al suo fianco quel figlio adottivo che non aveva voluto. Però i sentimenti che provava erano contrastanti: da un lato il rammarico per tutti quegli sbagli che lo avevano reso solo, dall'altro il sollievo che scaturiva proprio da quella solitudine.

«Sai, Lilly, una delle poche consolazioni di aver sbagliato tutto nella vita è che, ritrovandomi così solo, me ne andrò senza causare ulteriore sofferenza a nessuno.»

Lilly lo ascoltava, senza commentare, ed era forse questo che Emilio apprezzava di più. Lui non cercava un'opinione e nemmeno una parola che lo facesse sentire meglio. Voleva solo parlare, dare libero sfogo ai propri pensieri e alle proprie frustrazioni e, mentre lo faceva, metabolizzava e digeriva. Il colloquio svolgeva una funzione liberatoria, gli permetteva di svuotarsi per lasciare poi spazio al nuovo. Sentiva che si stava trasformando.

«Sai, Lilly, che non mi sento più la stessa persona che hai conosciuto dodici giorni fa?»

«Conti i giorni?»

«Sì, ho preso quest'abitudine. Quando mi capita qualcosa di particolare, memorizzo il giorno e provo a darmi una scadenza. Mi dico che voglio essere ancora vivo dopo un certo numero di giorni e devo dire che, per ora, sta funzionando.»

Le sorrise e lei ricambiò il sorriso.

«Dicevi che ti senti un'altra persona?»

«Sì. Vedi, la malattia mi ha permesso di percepire con un'intensità mai provata prima. Tutto quello che sento è amplificato, a cominciare dalle piccole cose quotidiane e scontate, come ad esempio respirare e camminare. Solo che prima di conoscervi non mi fermavo a riflettere su questo, ma mi concentravo solo sul dolore.»

«Questa è una considerazione molto bella. Troppo spesso non ci soffermiamo ad apprezzare ciò che diamo per scontato, perdendoci l'opportunità di assaporarlo.»

«È vero. Sai, c'è un'altra cosa su cui ho rifletuto molto ultimamente. Più ci penso e più mi rendo conto che durante la vita siamo destinati a perdere tutto ciò a cui siamo attaccati: i genitori, gli amici, la salute, le certezze, le cose che possediamo. Solo una cosa ci rimane, quando perdiamo tutto il resto.»

«Cosa?»

«Quello che abbiamo imparato. E la malattia è stata una grande maestra. Adesso, mentre sento che il mio corpo diventa sempre più debole, mi sembra che il mio spirito si rafforzi ogni giorno di più e credo che i membri del club abbiano avuto il merito di indirizzarmi in questo processo di trasformazione.»

«Ne sono felice.»

«Sai che non sogno nemmeno più di guarire? Adesso sogno spesso una nave che si allontana verso l'orizzonte. Forse è il segno che mi sto preparando. Ho meno paura di andarmene. Certo mi chiedo cosa mi aspetti dall'altra parte, ma non sento l'angoscia che percepivo prima.»

L'atmosfera era serena. Lilly accarezzava Emilio nel privé in cui si trovavano lontani da occhi indiscreti. Era contenta di sentirlo più leggero e così diverso dal loro primo incontro.

All'improvviso, però, Emilio divenne pallido e il suo respiro si fece affannoso.

«Emilio cos'hai?!»

Lui si piegò su se stesso e vomitò sul pavimento, poi perse i sensi.

14

IL TEMPO STRINGE

Informata da una telefonata di Atmos, Félicienne venne a sapere che nel pomeriggio Emilio, dopo aver perso conoscenza, era stato ricoverato in ospedale.

Nel giro di un'ora si trovavano tutti al San Raffaele nella sua stanza, ironia della sorte, la numero 143.

«Come ti senti?» chiese Lilly.

«Debole. Forse ultimamente ho mangiato troppo poco, ma non ci riuscivo.»

«Non preoccuparti, adesso ci penseranno i medici a rimetterti in sesto.»

Emilio era intubato e con diverse flebo, in confronto a poche ore prima il suo aspetto era nettamente peggiorato. Il volto appariva magro, scavato e traspiravano stanchezza e sofferenza da tutti i pori. Félicienne si era avvicinata e, seduta sul bordo del letto, gli accarezzava la mano e lo fissava negli occhi. Nonostante lo sguardo spento, quegli occhi grigi continuavano a mostrare ancora voglia di vivere. Mentre lo fissava pensò che, se c'era una sola cosa che la malattia non aveva deturpato in lui, era proprio il colore degli occhi.

Nella stanza accanto, il Gallo parlava con un medico molto disponibile che lo stava aggiornando nonostante non fosse un parente. Ma del resto, non c'era davvero nessun parente con cui parlare. I genitori di Emilio non c'erano più, non aveva fratelli, né cugini. L'unica persona di famiglia di cui aveva raccontato era la sorella della moglie, una donna di settantanove anni che viveva a Torino e nutriva un forte risentimento nei suoi confronti. Era informata della sua malattia, ma si erano sentiti solo qualche volta telefonicamente. Non si vedevano dal funerale di Anna.

«Allora, Emilio, va tutto bene» disse il Gallo entrando nella stanza.

«Non è vero, sento che le forze stanno finendo e il male progredisce. Faccio perfino fatica a parlare.»

«È stato il caldo a causarti il malore, i tuoi parametri vanno bene. Probabilmente tra un paio di giorni potrai tornare a casa, sebbene i medici suggeriscano il trasferimento in una struttura più adeguata.»

«Un hospice immagino. Questo significa che il tempo a mia disposizione è agli sgoccioli. Non sono nemmeno riuscito a vedere Rose prima di andarmene. Volevo fare testamento, in modo da lasciare a lei tutto quello che ho e garantirle un futuro più sereno e adeguato alla sua età; ma non conosco nemmeno il suo cognome.»

Félicienne lo guardava, imprigionato in quel letto, mordendosi le labbra. Era nervosa, voleva aiutarlo, ma si sentiva impotente. Desiderava liberarlo, fargli quell'ultimo regalo cosicché potesse poi volare via, leggero e felice, come una farfalla.

«Te la troverò» gli disse e lui ricambiò con un debole sorriso.

«Ci vediamo domani, Emilio, ti lasciamo riposare» concluse Lilly.

«Va bene, grazie.»

Atmos gli si avvicinò e gli sussurrò all'orecchio.

«Non morire prima di essere morto. C'è ancora tempo.»

Poi uscirono dalla stanza rivolgendogli tutti uno sguardo affettuoso.

«Cos'ha detto il dottore?» chiese subito Félicienne.

«Le stesse cose che ha percepito Emilio, il tempo stringe.»

«Quanto ne rimane prima che…» aveva quasi il timore di dirlo.

«Nessuno lo sa con precisione, potrebbero essere dieci giorni ma anche uno solo. Tutto dipende dai suoi reni, che sono quelli messi peggio. Se smettono di funzionare, potremmo non vederlo nemmeno più.»

«*Merde*!» esclamò Félicienne con gli occhi lucidi.

«Dobbiamo trovare assolutamente Rose, ma come possiamo fare, Gallo? Con i social ho fatto tutto ciò che era possibile, ma non ho cavato un ragno da un buco.»

«Non lo so. Io ho ingaggiato un detective.»

«Davvero? E che dice?»

«Che con le informazioni che abbiamo, è come cercare un ago in un pagliaio. L'unico tentativo che farà è vedere se si può risalire al server della chat e, da quello, all'indirizzo IP del computer di Rose, per poi ottenere un indirizzo fisico. Mi ha fatto capire che se fosse tutto in Italia saprebbe come arrivare all'informazione, sebbene stiamo parlando di superare i confini della legalità. Il problema, però, è che probabilmente quel server si troverà in Inghilterra o in chissà quale altro paese anglosassone.»

«Non è giusto, non deve finire così. Non è giusto» continuava a ripetere Félicienne.

15

CATERINA

Atmos stava cenando da sua moglie Caterina, mentre la loro figlia di tredici anni, Penelope, si trovava a dormire dalla sua amica del cuore. Sul finire della cena, lui la stava aggiornando sugli sviluppi della storia di Emilio.

«Sai già come la penso in merito. Non condivido proprio quello che avete fatto. Illudere così un malato terminale, lo trovo proprio di cattivo gusto.»

«Non abbiamo illuso nessuno.»

«Sì, invece. Secondo me quel poverino ha pensato veramente che lo avreste aiutato a guarire e adesso, che si è aggravato, come pensi si possa sentire? Tanto valeva stargli vicino da amici, senza creare inutili aspettative.»

«Alcune volte si guarisce dalle malattie, altre volte sono le malattie a guarire le persone.»

Caterina lo guardò, senza rispondere. Era una persona pratica e non amava addentrarsi in discorsi filosofici e contorti.

«La tua cucina è sempre eccellente» commentò Atmos alzandosi e iniziando a sparecchiare.

«Dovresti imparare anche tu. È rilassante cucinare, ma soprattutto è salutare mangiare sano; cosa che tu non fai mai quando sei solo.»

Anche lei si era alzata e aveva iniziato a riempire la lavastoviglie, mentre lui era tornato al tavolo per aspirare le briciole.

«Non ho nemmeno la cucina, se anche imparassi ci farei ben poco.»

«Lo sai che, se vuoi, puoi tornare qui in qualunque momento.»

Lui la fissò negli occhi in un silenzio necessario.

«Una cosa volevo chiederti, Caterina.»

«Cosa?»

«Ormai sono passati tanti anni e posso sopportare tutto al riguardo.»

«Quindi? Cosa vuoi sapere?»

«Mi sei mai stata fedele?»

Aspettò un momento e, prima di rispondergli, tornò a sedere. Lui le si sedette di fronte e rimase a fissarla trattenendo il respiro.

«Durante il fidanzamento sì, dopo il matrimonio ho scelto di essere fedele a me stessa.»

«Ma che significa fedele a te stessa? Fare tutto il cazzo che ti pare?!» si stava già agitando.

«Vedi che non era il caso di parlarne?»

Lui fece un lungo respiro cercando di recuperare la calma.

«Mi dispiace Atmos, io sono fatta così. Non capisco come si fa a desiderare una persona sola e nemmeno ad amare una persona sola. Ma porca miseria, se Dio ci ama tutti e ci ha fatto a sua immagine e somiglianza, perché mai noi dovremmo essere monogami?»

«Potresti fondare una nuova religione, avresti un sacco di seguaci» replicò sarcasticamente.

«Non sto scherzando. Penso davvero che sia sbagliata questa educazione fatta di giudizi e sensi di colpa. I primi tradimenti li ho vissuti malissimo, per quanto li desiderassi. E ho sempre continuato ad amarti. Avrei mentito per tutta la vita se non mi avessi scoperta, ma è stato meglio così; almeno ho potuto smetterla con le bugie. Ti ho lasciato solo perché mi vergognavo e mi sono illusa di costruirmi una famiglia con il padre di Penelope, che per giunta non amavo. Poi siamo tornati insieme e questa volta mi sono veramente innamorata di un altro, ma ho continuato ad amare entrambi e contemporaneamente.»

«Ma come fai?»

«Faccio. Per me è naturale così. Io sarei rimasta con tutti e due, ma lui fremeva da una parte e tu mi hai dato un ultimatum dall'altra. Non mi piacciono le imposizioni e così ti ho lasciato di nuovo. Poi anche con lui è finita e quando siamo tornati insieme, ti sei trasformato in un detective.»

«Riesci a biasimarmi?»

«Io non ti biasimo, ti adoro. Tutto quello che hai fatto e continui a fare è incredibile. Ma non posso diventare un'altra persona, soprattutto perché non lo voglio. Io amo le passioni folgoranti che mi elettrizzano e mi distraggono dalle tristezze della vita. Tu quando vieni assalito dai tuoi pensieri, che fai per distrarti? Ti butti sugli orologi, ti immergi completamente nel lavoro, nei meccanismi dei tuoi segnatempo e perdi la misura delle ore che passano. I cattivi pensieri se ne vanno perché quando metti tutta la tua energia in qualcosa, la mente ne rimane senza e si calma da sola. È la stessa cosa che succede a me quando mi immergo in una passione. Non ho più energie per pensare e finalmente vivo.»

«Magari trovando un lavoro che ti piace potrebbe essere lo stesso, no? Prova a darti uno scopo, un obiettivo da raggiungere.»

«Per me l'esistenza non è fatta di obiettivi da raggiungere, ma di attimi da vivere. Guarda, se vuoi, smettila di mantenermi e costringimi a lavorare, ma io non cambierò. È nel relazionarmi che cerco emozioni, non nel lavoro. Ogni persona che incontro è un mondo da scoprire e chiunque possiamo trovare sulla nostra strada, anche la persona più infima, sarà migliore di noi almeno in qualcosa. In quella cosa ci possiamo arricchire. È così che io mi sento viva.»

Atmos si strofinò gli occhi con le mani, poi sospirò.

«Penelope come sta?»

«Molto bene, è sempre allegra.»

«A scuola?»

«Con qualche difficoltà in matematica, ma tutto bene.»

«Ho capito, le posso dare una mano io. Me la cavo in matematica.»

«Sarà contenta.»

Atmos sorrise, ma c'era amarezza sul suo volto.

«Si è fatto tardi, è meglio che vada.»

«Ok. Torni domani sera? C'è anche lei.»

«Va bene.»

16

LA PUNK NERD

Félicienne aveva preso un giorno di ferie e, mentre rifletteva, stava bevendo il suo caffè quotidiano al solito bar. Non si aspettava novità positive dal detective ingaggiato dal Gallo e non voleva nemmeno starsene con le mani in mano ad aspettare passivamente. Il tempo era sempre meno. Continuava a ragionare, confidando in un'idea improvvisa che risolvesse il problema con estrema semplicità. Un po' come quando si cercano disperatamente gli occhiali e poi ci si accorge che si trovano sul naso. Fissò per un momento le sue scarpe preferite, le *All Star*, che indossava quando voleva sentirsi comoda, ma soprattutto adolescente. Poi si appoggiò allo schienale della sedia e sbuffò guardando i passanti quando, all'improvviso, vide una donna, con spessi occhiali e un ciuffo rosa, correre e prendere il tram al volo. Spalancò gli occhi.

«*Merde*! La punk nerd!»

Non era sicura si trattasse proprio di lei, ma c'era un solo modo per scoprirlo. Scattò in piedi e, senza nemmeno preoccuparsi del conto da pagare, schizzò in mezzo alla strada, come se non ci fosse un domani, incurante delle macchine che potevano transitare. Il tram chiuse le porte e, prima ancora che Félicienne potesse raggiungerlo, riprese la sua corsa. Urlò al conducente, ma questo, ammesso che l'avesse sentita, la ignorò proseguendo per la sua strada. Lei si fermò solo per un secondo, poi la decisione: avrebbe continuato a inseguirlo con l'intento di precederlo alla fermata successiva. Affidandosi alle sue scarpe del cuore, iniziò a correre. Il tram procedeva veloce e superò il semaforo che da arancione divenne subito rosso. Félicienne non poteva indugiare, altrimenti non lo avrebbe più raggiunto. Pensò a Emilio nel suo letto di ospedale e pensò a quando, ancora adolescente, si lanciò in strada col semaforo rosso salvando la vita a un cane e procurandosi una ferita alla spalla di cui porta ancora oggi la cicatrice. Come allora, anche stavolta, ignorare i colori era un atto necessario. Strinse i denti e riversò nella corsa tutte le sue energie. Calò il silenzio intorno e tutto, non solo il semaforo, divenne in bianco e nero. Solo il tram, arancione, era rimasto a colori nella visuale di Félicienne, che correva come farebbe una pantera dalla cui preda dipende la vita dei suoi cuccioli. Passò col rosso schivando macchine di cui non poteva più udire il clacson e continuò a correre quando, d'un tratto, mise male un piede e cadde rovinosamente a terra.

«Aaahhh!» urlò.

La preda continuò la sua corsa facendosi sempre più lontana. Pian piano i colori tornarono sulla scena e, con essi, anche il dolore per la caduta.

Félicienne scoppiò a piangere consapevole che, probabilmente, aveva perso l'unica occasione di riportare Rose da Emilio, sempre che fosse lei.

Nessuno dei passanti si era fermato per aiutarla. Provò ad alzarsi, singhiozzando nell'indifferenza generale, quando capì che la caviglia non le reggeva.

Si accovacciò e telefonò ad Atmos.

17

ALL'OSPEDALE

«Cavolo, è davvero incredibile. Sarebbe bastato vederla solo una manciata di secondi prima... ma sei davvero sicura che fosse lei?»

«Non lo so, ma i capelli neri, gli occhiali spessi e il ciuffo rosa erano identici. I piercing non sono riuscita a vederli, è stato un attimo. *Merde*, e adesso chi la ritrova più!» riprese a piangere.

Atmos si trovava con lei al pronto soccorso. Oltre alla caviglia gonfia, aveva un gomito e un ginocchio sbucciati; ma era la storta che aveva rimediato a preoccuparla maggiormente poiché non riusciva a camminare.

Ricevuta la telefonata, Atmos aveva chiuso la bottega e si era fiondato a prenderla per accompagnarla in ospedale. Non guidava da anni e non possedeva nemmeno più un'automobile, pertanto avevano utilizzato un taxi.

«Ma quanto dobbiamo aspettare?!» sbuffò lei.

«Siamo in un pronto soccorso, ci sono ben altre emergenze rispetto alla tua caviglia. Armati di pazienza» le rispose.

«Devo parlare con Emilio e raccontargli tutto» sospirò.

«Beh, credo che saperla a Milano potrebbe fargli bene. Insomma, è davvero vicina. È sicuramente più facile ritrovarla qui che Londra.»

«Hai ragione, *mon ami*! Non ci avevo pensato. Inserisco subito un post su Facebook con la sua foto e una richiesta di aiuto, ho più di duemila contatti a Milano. Se la ricerca diventa virale, potremmo davvero arrivare fino a lei. Insomma, quante punk nerd cinquantenni e con ciuffo rosa ci potranno mai essere a Milano? Capiterà che qualcuno la incontri, no?»

Aveva recuperato il suo ottimismo.

«Dici che dovremmo avvertire perfino la stampa?» chiese al suo amico.

«Non so, non conosco nessuno.»

«Nemmeno io, ma potrei chiamare le redazioni dei più importanti giornali e chiedere se ci danno una mano, magari pubblicando la sua foto. Forza aiutami!» disse cercando di alzarsi.

«Tu non vai da nessuna parte finché non ti hanno fatto una lastra e fasciato la caviglia» replicò trattenendola.

«Non c'è tempo da perdere!»

«Piantala e siediti!» rispose con fermezza.

In quello stesso istante un medico si affacciò sulla sala di attesa e chiamò il suo nome.

«La signora Cozza?»

Questo le fece più male della caviglia.

18

ANNA

Emilio, steso sul letto nella stanza d'ospedale, fissava il soffitto. Al suo fianco c'era Lilly che aveva smesso di lavorare per fargli compagnia quotidianamente. Sempre più spesso, nella mente di Emilio, affioravano i ricordi degli ultimi istanti di vita di sua moglie.

"Come ti senti, Anna?"
"Sono serena, non piangere. Io non ho paura."
"Come fai?"
"Ho solo l'umiltà di accettare quello che non riesco a comprendere. Tutto qui."
"Io non potrei mai. Non è giusto quello che sta succedendo."
"Sono cose che capitano, questa volta è capitato a me."
"Come farò senza di te?"
"Ce la farai."
"Continuerai a proteggermi da lassù?"
"Se mi sarà consentito, lo farò sicuramente."

«Lei stava morendo, eppure ero io quello che cercava consolazione. Che miserabile, mi preoccupavo di me in una circostanza del genere.»

Lilly si limitava ad ascoltarlo, senza interromperlo, permettendogli di tirare fuori i pensieri più amari.

"Tu credi nel paradiso, Anna?"

"Non so come chiamarlo e nemmeno come immaginarlo, ma non penso a un luogo in particolare."

"E a cosa pensi?"

"Mi piace pensare a una normale continuazione, su un piano diverso, più sottile. Non voglio pensare alla morte e alla vita come a due entità separate. Tutta l'esistenza è un continuo andare oltre. Ci spinge a rimetterci in discussione, a fare costanti passi in avanti per andare oltre noi stessi e le nostre convinzioni, oltre i nostri giudizi e i nostri egoismi. La morte non potrebbe essere semplicemente un andare oltre la vita, l'ennesima tappa di questa esistenza misteriosa? Senza pensare a una fine e a un nuovo inizio, solo una continuazione."

«Gli ultimi istanti della vita di Anna sono stati l'occasione per toccare argomenti che mai avevamo affrontato durante la nostra unione. Ci siamo forse sentiti più vicini in quei nove giorni che in quarant'anni di matrimonio. E nel coraggio delle parole che mi sussurrava gli ultimi giorni, con un filo di voce, colsi tutta la sua profondità che non ero riuscito a vedere al di fuori della malattia. Ha saputo mostrarmi come dentro di noi ci fosse qualcosa di più grande di noi. Ho sperato di poter essere anch'io coraggioso di fronte alla morte, ma adesso che mi sono aggravato e mi sento così vicino alla fine, è tornata la paura. Non sono stato all'altezza della vita e non lo sono nemmeno adesso che devo guardare in faccia la morte. Muoio come ho vissuto, da inetto.»

Lilly lo ascoltava e coglieva, nelle sue parole, come gli fosse rimasto dentro un vuoto che gridava per le cose non fatte, per le opportunità sprecate. Le era chiaro che di fronte a sé, intrappolato in quella stanza, non c'era solo un corpo malato, ma una vita intera: con i suoi rimorsi, i rimpianti, il desiderio di aver vissuto diversamente. Lo accarezzava come si fa con un bambino.

«Si nasce per vivere, Emilio, non per prepararsi a vivere. Forse ci vorrebbero almeno tre vite a disposizione. La prima per sbagliare, la seconda per correggere gli errori e l'ultima per riassaporare il tutto. Ma ne abbiamo una sola. La vita si capisce guardando indietro, ma si può vivere solo in avanti.»

«Hai ragione, è proprio così. Sai, la cosa paradossale che mi sta succedendo è che più perdo me stesso e più mi sento libero di essere me stesso e dire tutto quello che penso; senza remore e senza filtri. Una volta non avrei mai avuto il coraggio di ammettere che uomo misero sono stato.»

«Sei troppo duro con te stesso, tutti siamo un po' grandi e un po' miserabili. Non c'è una separazione così netta tra gli opposti e, spesso, le qualità che ci rendono piccoli, sono le stesse che ci rendono anche grandi. Pensa a noi donne, per esempio. Abbiamo l'attitudine a trasformare ogni cosa, cercando di migliorarla. A cominciare dalla casa che con noi diventa un nido, oppure il cibo che tramutiamo in pasto. Conferiamo maggiore ricchezza alle cose, però abbiamo anche la capacità di trasformare un piccolo e irrilevante evento in un enorme problema, causandoci inutile sofferenza.»

«Beh, è vero.»

«Se ci pensi, l'abilità che ci permette di trasformare qualcosa di piccolo in qualcosa di migliore, è la stessa predisposizione con cui trasformiamo un nulla in un problema.»

«Hai ragione.»

«Anche il tuo sentirti miserabile, racchiude un potenziale, il suo rovescio della medaglia. Impedendoti di essere arrogante, potrebbe essere proprio ciò che rende nobile il tuo animo.»

Emilio sorrise e Lilly lo accarezzò affettuosamente.

«Anche io, come Anna, credo che non si possa scindere morte e vita in due entità separate, come non è possibile farlo per nessuno degli aspetti dell'esistenza. È così che io vedo il mondo e, da quando lo faccio, mi sento più leggera.»

In quel momento una voce squillante interruppe la loro intima conversazione.

«Emilio!» esclamò la francese entrando in stanza con le stampelle, ma con l'agilità di un gatto.

«Félicienne, ma cosa hai fatto?» le chiese lui con stupore.

«Sono caduta correndo, un male cane.»

«Ma te l'hanno ingessata?» intervenne Lilly.

«No, è una fasciatura rigida.»

Si avvicinò al letto e, con una manovra da professionista, si sedette vicino a Emilio.

«Ma riesci a guidare?» chiese ancora Lilly.

«Non ho ancora provato, sono venuta in taxi.»

«E se non ci riesci come farai con il lavoro? Tu sei sempre in giro in macchina.»

Félicienne la guardò con la stessa luce negli occhi che l'accompagnava sempre.

«Alla peggio chiederò a tuo marito se, per qualche giorno, mi presta il driver che riaccompagna a casa le ragazze di notte.»

«È vero, è un'idea. Non credo ci siano problemi» rispose con tono rassicurante.

«Vedi Emilio? Una soluzione la si trova sempre» disse Félicienne strizzando l'occhio.

Lui la guardava con ammirazione. Era sempre così spensierata riguardo al domani, gli sarebbe piaciuto avere almeno la metà della sua positività.

«Comunque, Emilio, sono venuta a darti una notizia meravigliosa.»

«Quale?»

«Rose è a Milano.»

«Cosa?! E dove?» chiese sollevandosi e mettendosi a sedere sul letto.

Sembrava che avesse recuperato in un solo attimo il cinquanta per cento delle proprie energie. Anche Lilly la guardava stupita.

«Non lo so. La stavo inseguendo quando sono crollata sulla mia caviglia.»

«La stavi inseguendo?»

«Sì, l'ho vista salire sul tram e durante l'inseguimento sono caduta.»

«Sei corsa dietro al tram? Ma sei sicura che fosse lei?»

«Assolutamente sì!»

Emilio era perplesso. Gli sembrava così strano questo racconto, ma soprattutto la sicurezza ostentata da Félicienne, che iniziò a dubitare fosse vero, ipotizzando, invece, si trattasse solo di un modo per ridargli un po' di speranza.

«Mi stai raccontando una palla?»

Félicienne si pietrificò, come se questa domanda l'avesse ferita.

«No, Emilio, è vero. Ok, non sono sicurissima fosse lei ma i capelli, gli occhiali e il ciuffo rosa erano tali e quali. Emilio, se lei è a Milano, io te la troverò. Fidati di me!»

Lui le accarezzò la mano e sorrise.

«Va bene, mi fido di te» disse per darle coraggio, ma in realtà continuava a essere scettico.

Lei si illuminò di nuovo e tirò fuori il più bel sorriso che avesse finora mostrato a Emilio.

19

LA NAVE VERSO L'ORIZZONTE

Emilio si trovava su una nave diretta verso l'orizzonte, con il sole che tramontava e colorava il mare di arancione. La visione era suggestiva e il mare infinito. Non c'era nient'altro intorno, solo il vento che gonfiava le vele e il capitano che, al timone, era intento nella guida.

Emilio gli si avvicinò.

«Dove stiamo andando?» chiese.

«Seguiamo il sole.»

«E quando il sole sarà tramontato?»

«Continueremo a seguire il sole.»

Rimase a osservare l'orizzonte per un po' domandandosi cosa ci potesse essere oltre. Poi chiuse gli occhi e si concentrò sul tepore dei raggi che gli riscaldavano la pelle.

«Da quanto tempo navighi?» domandò.

«Dal tempo senza inizio.»

Tornò in silenzio a fissare l'immensità del mare per qualche minuto.

«Ho sognato più volte questa nave, ma la osservavo da lontano.»

«Ora sei salito a bordo.»

«Quindi sto sognando anche questa volta?»

«No.»

Poi Emilio si voltò a guardare indietro. Vide il suo corpo nella camera d'ospedale e, intorno al letto, il Gallo, Lilly e Félicienne in lacrime. Provò tristezza mista a un senso di incompiuto.

«Posso tornare indietro? Non li ho nemmeno salutati e poi Rose mi sta cercando.»

«Non è possibile, mi dispiace. Questa nave può solo andare avanti.»

«Potrei buttarmi e raggiungerli a nuoto.»

«È troppo pericoloso.»

«Perché?»

«Il vento è troppo forte. Se ti butti in mare adesso, non riusciresti più a raggiungere di nuovo la nave e ti perderesti per sempre nell'oceano.»

Emilio avvertì il movimento di una lacrima che gli solcava il viso. Sebbene non si trovasse più in una realtà tangibile, riusciva a percepire fisicamente, come se il legame con la materia esistesse ancora. Possibile che non ci fosse modo di tornare indietro?

«Ma non puoi fare proprio niente per aiutarmi?»

«Mi dispiace, non ho il potere di condizionare la forza del vento.»

20

IL PRIMO PROTOTIPO

Atmos era appena arrivato in ospedale per la sua visita quotidiana a Emilio. Trovò tutti gli altri già lì, solo che non erano all'interno della stanza bensì in corridoio e i loro volti non lasciavano presagire niente di buono.

Le due donne piangevano, Félicienne lo faceva furiosamente.

«Che succede?!» chiese visibilmente preoccupato.

«Emilio è entrato in coma» rispose il Gallo con la tristezza negli occhi.

«Se solo non mi fossi fatta scappare Rose, almeno avrebbe potuto vederla!» Félicienne non si dava pace.

Atmos non disse niente, entrò nella stanza e rimase pietrificato di fronte al letto. Gli altri lo seguirono e rimasero lì, in piedi, in un silenzio rispettoso. Sebbene Emilio sembrasse dormire, appariva sofferente e faticava a respirare. Gli era stata messa anche la maschera dell'ossigeno. Tutti lo guardarono come si guarda chi sta per andarsene per sempre.

«I medici hanno detto quanto potrebbe resistere in questo stato?» chiese Atmos.

«Un minuto come una settimana, nessuno lo sa» rispose il Gallo.

Félicienne si sedette di fianco al letto e gli prese la mano.

«Mi dispiace di non avertela portata, ma non ti arrendere. So che puoi sentirmi, lei è vicina, è qui a Milano. Dammi il tempo di trovarla e portarla da te. Resisti, ti prego, resisti!» continuava a ripetere singhiozzando.

«Dovremmo anche pensare a come muoverci per il funerale. Se non ha nessuno, qualcuno dovrà pur occuparsene» disse il Gallo.

«Io devo andare.»

Senza aggiungere altro, Atmos uscì dalla stanza lasciando tutti di sasso. Non aveva aperto bocca, se non per chiedere quanto tempo Emilio avrebbe potuto resistere. Una volta uscito dall'ospedale non aspettò i mezzi, ma chiamò un taxi. Quando fu sufficientemente vicino, scese dal taxi imbottigliato nel traffico e proseguì a piedi. L'andatura, che a tratti diventava corsa, era rapida e tenace, il respiro affannoso. Sudava. Sembrava stesse facendo una corsa contro il tempo. Il suo cellulare squillò due volte, una chiamata era del Gallo, l'altra di sua moglie. Non rispose a nessuno dei due. Arrivò davanti alla bottega, alzò la serranda, entrò e si chiuse dentro.

Si avvicinò alla teca dove era contenuta la pendola Atmos e la guardò con agitazione. Aprì la teca, prese l'orologio e sparì nel laboratorio. Lo appoggiò sul tavolo da lavoro, si sedette e rimase immobile a fissarlo.

"Vieni, Atmos."

"Che c'è papà?"

"Oggi compi diciotto anni, voglio mostrarti una cosa importante."

"Cosa?"

"Lei."

"La pendola Atmos? Ma la vedo tutti i giorni."

"Oggi ti mostrerò come si maneggia."

"Ecco questa è una novità, di solito non mi fai nemmeno avvicinare."

"Come ti ho spiegato spesso, una volta messa su un piano di appoggio e attivato il movimento, non andrebbe mai toccata, né spostata, nemmeno per pulirla. Va spolverata delicatamente senza muoverla. E per la manutenzione, un orologiaio qualsiasi non saprebbe come metterci mano senza rischiare di comprometterne il funzionamento. Solo i tecnici della Jaeger-LeCoultre, dove io ho lavorato, sanno come fare. Oggi ti mostrerò come smontarla e rimontarla e ti svelerò tutti i segreti di questa meraviglia."

"Fantastico! Quando si comincia?"

"Subito, ma tu non farai niente. È la prima lezione, ti limiterai a osservare."

"Ok."

Atmos si asciugò il sudore sulla fronte, poi accese una sigaretta. Si slacciò i polsini della camicia, arrotolò le maniche sugli avambracci e continuò a fissare la pendola che dalla teca aveva portato nel suo laboratorio.

"Ok, adesso ti faccio vedere come si rimonta."
"È un gran casino."
"Sì, è complesso. Per questo non ti ci faccio ancora mettere mano. Ripeteremo questo lavoro un po' di volte nei prossimi giorni, poi proverai anche tu."
"Va bene."

Atmos continuava a fumare con avidità, metà sigaretta era già consumata. Con la mano sinistra picchiettava nervosamente sul tavolo e i suoi occhi divennero lucidi mentre continuava a sprofondare nei ricordi.

"Fine."
"Uff, mi sento stanco senza aver fatto niente."
"E adesso ti spiego un'altra cosa molto importante."
"Cosa?"
"Questa non è una pendola Atmos qualsiasi. È il primo prototipo costruito nel 1927 da Jean-Leon Reutter in persona."
"Veramente?"
"Sì."
"Wow!"

"Ma la cosa più incredibile è un'altra.
Quest'orologio ha un potere magico."

"Quale?"

"Quello di condizionare il tempo."

"In che senso?"

"Agendo su di lei puoi rallentare o accelerare lo scorrere del tempo."

"Non ci credo, ti diverti a prendermi in giro?"

"Jean-Leon Reutter era un genio e creare un segnatempo con questa finalità era stata la sua idea originale. Una volta realizzata questa macchina ebbe paura del suo potere, ma non sentendosela di distruggerla, chiuse questo prototipo in cantina e ne realizzò un altro con la sola funzione di orologio, che è poi quello che entrò in commercio. Nessuno era a conoscenza dell'esistenza di questo segnatempo magico, neppure i suoi familiari."

"E tu come sai questa storia?"

"Quando Jean-Leon Reutter morì, esattamente dieci anni fa, i familiari incaricarono un rigattiere di sgomberare la cantina piena di ogni cosa. Quel rigattiere svizzero è un mio amico e mi chiese se fossi interessato all'acquisto dell'orologio. Ovviamente ignorava che si trattasse del primo prototipo e che avesse questo potere."

"E tu come l'hai scoperto?"

"Insieme alla pendola c'era anche un quaderno con degli appunti che ne spiegavano il funzionamento. Il mio amico non lo aveva nemmeno letto. La storia che ti ho raccontato la conosco solo io e adesso tu."

"Dov'è il quaderno?"

"L'ho buttato. Mi ero promesso di portarmi nella tomba questo segreto ma, vista la tua passione per gli orologi, ci ho ripensato. Sarai tu a decidere se tramandarlo o farlo morire con te."

"E si agisce spostando le lancette avanti e indietro?"

"No, non è così semplice."

"E come si fa?"

"Devi rallentare o accelerare il suo funzionamento agendo sui meccanismi, facendo in modo che guadagni o perda minuti. Ci sono dei limiti però e se esageri col freno o con l'acceleratore, potrebbe rompersi del tutto."

"È impossibile, non può funzionare."

"L'ho verificato personalmente."

"Ho capito, mi stai prendendo in giro come fai sempre."

Atmos aveva finito e spento la sigaretta. Mise sul tavolo alcuni attrezzi da lavoro e dei magneti.

«E adesso vediamo se mi prendevi per il culo» disse ad alta voce e con le lacrime agli occhi.

21

IL RISVEGLIO

Emilio e il capitano proseguivano il loro viaggio verso l'orizzonte. Il sole si faceva sempre più rosso rendendo la visione incantevole. Il capitano ammirava lo spettacolo, ma Emilio non era al suo fianco; si trovava a poppa, seduto, e guardava indietro.

«Atmos...» sussurrò.

Poi si udì il verso di un gabbiano.

«Emilio?» lo chiamò all'improvviso il capitano.

«Sì?»

«Vieni.»

Emilio si alzò e lo raggiunse al timone.

«È uno spettacolo meraviglioso, lo so. Ma vorrei vedere cosa fanno i miei amici, finché mi è possibile.»

«Non ti ho chiamato per questo.»

«E per cosa?»

«Sei un buon nuotatore?»

«Me la cavo, perché?»

«Il vento ha subito un brusco rallentamento.»

«Davvero? Mi stai dicendo che posso buttarmi in mare e raggiungerli?»

«Sì, ma il pericolo rimane. Non possiamo prevedere per quanto resterà così debole.»

«Quanto tempo ho?»

«Se il vento rimane stabile, un paio di giorni. Non di più.»

Era mattina presto quando Emilio aprì gli occhi. In quel momento, nella stanza, era presente un uomo delle pulizie che si accorse subito della sua presa di coscienza. Uscì e cercò un infermiere.

«Mi scusi, ma il paziente della stanza 143 non era in coma?»

«Sì, perché?»

«Ha aperto gli occhi.»

«Davvero? Vengo a vedere.»

Arrivato nella stanza verificò che Emilio fosse effettivamente cosciente e lo trovò anche lucido. Gli chiese perfino la cortesia di mettergli in carica il cellulare, ormai scarico. L'infermiere lo accontentò e poi andò a chiamare un medico che lo visitasse.

Una volta acceso il cellulare, Emilio ricevette un messaggio con la notifica di una chiamata arrivata a telefono spento. Era la preside della scuola dove aveva lavorato.

22

LA TELEFONATA

Accompagnata dal driver del *Club 143*, Félicienne aveva fatto il giro di tre profumerie racco-
gliendo diversi ordini. Con la macchina parcheggiata in doppia fila, e le quattro frecce accese, entrarono poi in un bar per bere il terzo caffè della
giornata. Il driver si chiamava Lucas, aveva
trent'anni, era brasiliano, prestante, simpatico e
profumava di liquirizia. Félicienne trovava molto
piacevole la sua compagnia e, se fosse stato almeno di nazionalità francese, ci avrebbe fatto un
pensierino.

Faceva molto caldo e mentre con un piccolo
ventaglio cercava sollievo, controllò le notifiche di
Facebook in cerca di buone notizie. Aveva inviato
la foto di Rose a tutti i suoi contatti chiedendo a
loro volta di inoltrarla, soprattutto a chi era di Milano e a chi bazzicava Londra. Purtroppo nessuna
novità. Pagò i caffè, uscirono dal bar e salirono in
macchina. Propose a Lucas un po' di shopping
per allentare la tensione ma, proprio quando lui

mise in moto l'auto per cercare un parcheggio, il Gallo le telefonò.

«*Bonjour Coq*, dimmi» rispose timorosamente.

Ormai quando riceveva una chiamata da qualcuno del club, temeva arrivasse la notizia della morte di Emilio.

«Mi hanno telefonato dall'ospedale, Emilio si è svegliato dal coma.»

«Cosa? Davvero? Ma com'è possibile?» gli occhi le si riempirono di lacrime.

«I medici hanno detto che può succedere. Non capita molto spesso, ma capita. Evidentemente ha ancora un motivo per resistere.»

«Rose! Tu hai avuto aggiornamenti dal detective?»

«Sì e non può fare niente, ma non serve più.»

«In che senso?»

«Poco fa mi ha chiamato Emilio. Mi ha chiesto se potevo raggiungerlo per portarlo a casa. Ha chiesto di essere dimesso.»

«Cosa?»

«Poi mi ha chiesto di trovargli urgentemente un notaio per redigere il testamento. Ha aggiunto di aver ricevuto una telefonata da parte di Rose e che adesso lei sta andando da lui.»

«Ma è incredibile! Com'è potuto accadere?»

«Non lo so ancora, ce lo faremo spiegare. Adesso chiamo il notaio, poi passo a prendere Lilly e andiamo in ospedale. Se riesci passa a raccattare Atmos e poi raggiungici.»

«Va bene.»

Rose era venuta a Milano in cerca di Emilio. Lo aveva aspettato in chat per circa un mese, tutti i giorni. Poi quella *stanza* vuota era diventata una prigione e aveva deciso di non aprirla più. Ne aveva conosciuti molti di uomini volubili e il primo pensiero fu che Emilio appartenesse a quella categoria e l'avesse semplicemente sostituita con qualcun'altra. Ma se invece gli fosse successo qualcosa? Voleva conoscere la verità e così, appena ebbe a disposizione una settimana di ferie, prese un volo low cost per Milano.

Non sapeva quanto sarebbe durata la ricerca e non potendosi permettere il soggiorno di un'intera settimana, non prenotò nessun albergo. Portò con sé un vecchio sacco a pelo, fedele compagno di tante notti dei tempi andati. Avrebbe dormito per strada, su una panchina o in stazione. Sebbene non lo facesse più da tanti anni, questo non la spaventava di certo.

Per trovarlo, si era affidata principalmente a due informazioni importanti che lui le aveva dato: il nome della scuola dove aveva insegnato, l'Istituto Carlo Cattaneo in piazza Vetra, e i giardini adiacenti dove amava passeggiare quando si recava a salutare gli ex colleghi.

Quando Rose arrivò in piazza Vetra, la trovò completamente trasformata. Ci era già stata, a fumare canne e a dormire di notte, circa vent'anni prima, quando ancora la piazza non era stata recintata da quella grande e verde cancellata. Trovarsi lì fu un vero e proprio tuffo nel passato. Passeggiò per i giardini cercando Emilio nel volto di altri uomini, poi, preso coraggio, entrò nella scuola chiedendo al bidello informazioni su di lui. Il bidello riconobbe la foto che gli aveva mostrato, ma non si sbilanciò su niente anche perché la comunicazione, per problemi di lingua, fu tutt'altro che semplice. Le fece però capire di tornare la mattina seguente perché la preside, che lo conosceva molto bene, non era quel giorno presente a scuola. Ma nel frattempo però, quel bidello, senza perdere tempo, aveva chiamato la preside sul cellulare per informarla di quella strana visita. La donna, che era al corrente dello stato di salute di Emilio, gli aveva telefonato prima a casa e poi, non trovandolo, sul cellulare, che però era spento. La mattina seguente, risvegliatosi dal coma e visualizzata la notifica della telefonata, Emilio aveva richiamato la preside. Questa lo informò che c'era una donna inglese che lo stava cercando e che sarebbe tornata quella mattina per avere maggiori informazioni su di lui.

Emilio trasalì e dette alla preside tutte le informazioni per indirizzarla all'ospedale San Raffaele. Fu così che quando Rose tornò alla scuola, scoprì come trovare Emilio.

23

LA GUARIGIONE

Rose arrivò in ospedale prima di tutti. Seguendo le informazioni dettagliate che Emilio aveva dato alla preside, trovò la sua stanza senza nemmeno il bisogno di consultare l'ufficio informazioni. Si fermò sul ciglio della porta e lo osservò, sdraiato su quel letto e con gli occhi chiusi. Come se avesse percepito la sua presenza, Emilio li aprì e guardò nella sua direzione.

«Rose!» esclamò appena la vide.

Il tono di voce, rotto un po' dall'emozione, era basso, ma più in forze di quanto lo fosse stato nei giorni antecedenti al coma.

«Baby!» rispose lei, con tenerezza, dal ciglio della porta. Poi scoppiò in lacrime e si lanciò verso di lui. Anche Emilio, sollevatosi e utilizzando i cuscini come schienale, piangeva mentre l'abbracciava.

«Sai, Rose, mentre ero in coma sognavo, se era un sogno, di essere su una nave diretta verso l'orizzonte. C'era un sole bellissimo, tiepido e accogliente. Era un viaggio piacevole, ma io me ne stavo in fondo alla nave da dove potevo vedere quello che succedeva quaggiù. Vedevo i miei amici che facevano di tutto per aiutarmi e vedevo te che mi cercavi.»

«Davvero?»

«Sì. Forse era solo frutto della mia immaginazione, ma sembrava così reale» rispose asciugandosi gli occhi dalle lacrime.

«Sai, baby, c'è un detto. Si dice che una vita che tramonta sia come una nave che si allontana verso l'orizzonte. Arriva il momento in cui sparisce, ma questo non significa che non esista più.»

Il volto di Emilio si illuminò.

«Lo trovo semplicemente meraviglioso» la guardava e continuava ad accarezzarla teneramente.

«Ho parlato con i medici, sono contrari alle dimissioni ma io ho insistito. Vorrei addormentarmi a casa e vorrei che tu fossi al mio fianco, se te la senti.»

«Certo» rispose tra le lacrime «mi rimangono quattro giorni di ferie, ma avviserò la biblioteca che ho un problema di famiglia e se mi fanno storie, mi licenzio.»

«Credo che saranno sufficienti quattro giorni» replicò abbracciandola con dolcezza.

«Ma perché non mi hai detto di essere malato, baby?»

«Ho avuto paura.»

«La paura è la più grande malattia che ci possa colpire» rispose stringendolo, ma delicatamente.

A quelle parole, Emilio, sgranò gli occhi.

«La paura...» ripeté iniziando a piangere e ridere contemporaneamente.

In quel momento tutto gli fu chiaro, non ebbe più bisogno di cercare la risposta con l'intelletto, ma la sentì emergere dal profondo. La paura di morire, ma anche la paura di vivere. Questa era la malattia a cui si riferiva il Gallo. In quel preciso istante, smise di guardare la vita e la morte come due entità separate e le vide come un insieme. Aver paura di morire significava anche aver paura di vivere. Per tutta la sua vita Emilio aveva ricercato un'esistenza piatta, priva di emozioni e di slanci, pensando che questo lo avrebbe preservato dal dolore. Avvicinandosi la fine, moriva come aveva vissuto: con paura.

L'ingresso di Rose nella sua vita aveva segnato l'apertura alle emozioni e al desiderio di vivere. Ora che tutto volgeva al termine, gli era chiaro che anche il poco tempo che precedeva la morte poteva servire alla trasformazione di una persona. E, per quanto potesse essere limitato, sapeva di poterlo utilizzare per continuare ad amare e a sentirsi amato; fino all'ultimo respiro. Non aveva più paura di vivere e nemmeno di morire. Era guarito.

Nel frattempo erano arrivati anche tutti gli altri che, vedendo la presenza di Rose, avevano deciso di aspettare fuori per concedere loro un po' di privacy.

Il Gallo approfittò per scambiare due parole col medico del reparto che, ovviamente, riteneva una follia farlo tornare a casa in quelle condizioni, ma non poteva nemmeno vietarglielo. Quanto al risveglio, confermò che fosse un evento non comune, ma nemmeno così particolarmente raro.

Il medico, per agevolare il trasporto di Emilio, fece preparare una sedia a rotelle. Quando fu pronta, il Gallo e gli altri bussarono alla porta per annunciare il proprio ingresso, poi entrarono.

Emilio li guardò uno a uno con gratitudine.

«Si torna a casa, sono guarito» affermò poi fissando il Gallo con uno sguardo e un sorriso compiaciuti.

«Il notaio sarà a casa tua fra due ore» replicò dopo averlo guardato con orgoglio.

«Grazie infinite. Non so davvero come ringraziarvi per quello che avete fatto. Siete stati degli amici, i primi per me. E adesso che sono guarito e posso anch'io vendere sogni, mi occuperò del mio fiorellino» disse mettendo le dita della sua mano fra quelle di Rose.

Dopo circa mezz'ora, con Rose che spingeva la carrozzina, uscirono tutti insieme dall'ospedale.

Sarebbe falso affermare che non c'era tristezza, ma è anche vero che Emilio aveva lo sguardo sereno, il viso disteso e un sorriso felice.

Sembrava davvero fosse guarito.

24

EPILOGO

Emilio si era fatto ricordo da una settimana. Le sue ceneri, come da lui disposto, sarebbero state tumulate al cimitero di Chiaravalle a fianco di quelle della moglie.

Rose era tornata a Londra con un vuoto nel cuore. Il lascito ricevuto da Emilio era davvero cospicuo, del resto lui e la moglie, con due stipendi, senza figli e senza vizi, non avevano fatto che risparmiare per tutta la vita. Fu così che Rose poté aprirsi una piccola libreria nella periferia londinese e, per la prima volta in cinquantacinque anni, fu in grado di andare a vivere da sola. Nonostante ciò, se avesse potuto, avrebbe barattato tutto questo con Emilio; ma evidentemente la vita, per lei, aveva altri programmi.

Insieme al ricordo di quegli ultimi giorni, Rose, portò con sé le parole che Atmos le aveva detto prima della sua partenza: *il tempo sistema ogni cosa.*

Passarono più di sei mesi prima che si decidesse a riaprire la *stanza* 143.

Era domenica e alla sede del club, considerato il brutto tempo previsto a Nizza, era presente anche Félicienne che, mentre navigava in internet col suo smartphone, si metteva il rossetto sulle labbra.

Atmos, seduto e con in mano un orologio scheletrato da tasca, era rapito dall'oscillazione del tourbillon quasi come se la vedesse per la prima volta.

Il Gallo stava aprendo la posta e aveva in mano una busta proveniente dallo studio notarile. La aprì. Al suo interno era contenuto un biglietto e una moneta da un euro.

"Per il sogno che mi avete venduto.
Grazie di cuore.
Emilio"

Sorrise, si alzò in piedi e andò nell'atrio, avvicinandosi al vaso che conteneva il simbolo dei sogni venduti. Lasciò cadere la moneta e ascoltò il suono metallico.

«Grazie, Emilio, per il sogno che hai realizzato» disse ad alta voce.

In quel momento suonò il citofono.

«Sì?» rispose.

«Buongiorno, mi chiamo Agnese. Cercavo il Gallo...»

RINGRAZIAMENTI

Sono grato per la scintilla che mette in moto la creatività, senza la quale nulla di tutto questo esisterebbe; per il coraggio di iniziare a scrivere quando ancora le idee sono troppo poche da giustificare un libro e per la fiducia nel credere che il resto verrà da solo, strada facendo.

Ringrazio Massimo e Tecla senza i quali scrivere questo libro non sarebbe stato divertente; Clara per le critiche costruttive; Paola e Susi "occhio di falco" per il loro prezioso aiuto nel rintracciare refusi ed errori.

Stampato per Koi Press da CreateSpace.com
Prima edizione Ottobre 2017

www.ingramcontent.com/pod-product-compliance
Lightning Source LLC
Chambersburg PA
CBHW032012170626
46807CB00006B/2773